打工偵探
アルバイト探偵
王蘊潔 譯
大澤在昌

目錄

打工偵探貴得很

打工偵探

1

黃金週（註）的假期在無所事事中結束了。不過，結束後我才發現，在暑假之前已經沒有長假了，我這個努力當一個壞得剛剛好的高中生即將面臨一段百無聊賴的日子。

因此，星期五傍晚，我拒絕了那些邀我去麻將館或打算去咖啡店泡大名鼎鼎的不良高中女生的同學，搭乘地鐵在廣尾站下車，向那些去六本木鬼混的傢伙道別。

在明媚的陽光下，我信步回家。

身為程度普通的東京都立高中二年級學生，大學聯考這件事就像即將報廢的遙控飛機，在腦袋裡嗡嗡作響、飛個不停。反正我對一流商社或時下最夯的傳媒業並沒有強烈的興趣和憧憬，如果混得進符合我程度的大學，就算萬幸了。

我在想，我的學生生活之所以這麼懶散，跟我老爸冴木涼介無可救藥的荒唐性格絕對有密切的關係。

註：日本在四月至五月間，由四個國定假日組成為期一週的假期。

身為人父，他從來不認為有義務教育兒子。不，我甚至懷疑他是否具備了身為社會一分子的義務感。

照理說，高中生應該理解自己老爸在做什麼生意、未來的前景以及經濟能力怎樣之類的。

然而，我對這些完全沒概念。

這絕對不是我的責任。

涼介老爸似乎不認為我是他兒子，只是把我當成他的同居人。

我在國小四年級就有這種感覺了。之後，我陷入了「不信任家人」的狀態。

然而，除了老爸，我沒有其他家人。

據說老媽死了，但沒有證據，只有老爸的片面之詞。

她是不是拋夫棄子？——我經常這麼想。我對老媽完全沒印象，家裡甚至沒有她的照片。

況且，自從我懂事以後，家裡除了我就沒有其他人。

我讀國二那年，老爸辭掉工作。老實說，我至今還不知道他之前是幹什麼的。

那時候，即使問他，他也從來沒認真回答過，每次的答案都不一樣。

比方說，「商社職員。」「自由撰稿人。」「石油商人。」「跑單幫（註）。」「劇本家。」等諸如此類的答案。

最後，居然變成了「諜報員」。

我超失望的。諜報員；老掉牙的名詞，至少說特務也好吧。

當時，我在心裡嘀咕。

（啊，老爸是典型的社會適應不良者。）

在這種情況下，時間多到爆的獨子所經歷的成長過程都有一套固定模式。

不良學生的學長↓加入飆車族↓剃眉、流氓↓退學↓混幫派。

或者是，

獨來獨往↓熱中電視↓電玩↓卡通↓典型的陰沉性格。

我不屬於任何一種，壞得剛剛好的我，簡直是青年楷模。

我熱愛運動，讀書也算用功，雖然在社團裡跟學長處不來退社了（恕我直言，我參加的是保齡球社，但學弟打得比學長好似乎犯了大忌。二流的都立高中也存在這種社會縮影），不過我的成長還算是開朗、健康啦。

揹著壓扁的書包，踢踢踏踏地走了一陣子，終於回到我住的廣尾聖特雷沙公寓。

註：一個人帶著異地貨物往來兜售圖利的投機性買賣。

「聖特雷沙」這麼一大串地名是虛構的，那是房東；也是經營一樓咖啡店「麻呂宇」的媽媽桑圭子基於個人喜好取的。

我很愛聖特雷沙公寓。三年前，媽媽桑圭子的有錢老公死了以後，她找來美國建築設計師，把原來的房子改建成這棟充滿洋味的公寓，感覺好像置身異國。

這棟十層樓建築，每層有四戶，每戶都是西式格局。說白一點，就是不用脫鞋，可直接走進室內。

聽說時下很流行這種房子，房屋仲介公司的候補名單上有一大票老外排隊等候租屋，他們都是一些廣告撰稿人、插畫家或造型師之類的，屬於高收入階級。即使這裡的房租高於行情，能夠入住聖特雷沙公寓也算是一種身分地位的象徵。

我們是三年前，房子一改建就入住的首批房客。即使算不上是房租滯納慣犯，至少也受到特別優待，房租只有其他房客的一半。而且，還享有在「麻呂宇」消費可無限賒帳的優厚待遇。

理由有二。

其一，就是老爸在三年前結束了令人懷疑是否對社會有貢獻的工作後，開始做起那門生意。

聖特雷沙公寓二樓，在「麻呂宇」那片漂亮的遮陽篷上方，花了不少錢訂作的霓虹燈招牌閃閃發亮，上面以手寫字寫著——

SAIKI INVESTIGATION

有時候，一些看不懂「investigation」的蠢蛋會闖進來，以為那是有氧舞蹈教室或健身中心。

總之，這是一家偵探事務所。

三房一廳的格局。四坪大的房間是老爸的辦公室，剩下兩間三坪大的房間是我們父子倆分享的生活空間。

「麻呂宇」的媽媽桑是推理迷，尤其是冷硬派推理的瘋狂愛好者，她渴望找到私家偵探的房客。

理由之二，在於父親涼介。由我這個兒子來說似乎有點那個啦，他的個性雖然不好，長相卻一表人才。

他有一百八十公分高，對於三十九歲（他在二十二歲就當了老爸，關於這一點，考慮到我這麼優良，實在很懷疑他是不是我的生父。）的人來說，體型結實算是沒有贅肉，渾身肌肉也顯示他曾經在健身房練過一陣子。

我家從來沒有以武力解決親子意見分歧的紀錄，所以，他實際的戰鬥力我就不得而知了。

至於臉蛋——如果喜歡蓄鬍男，應該會覺得他很有魅力。因為我太了解他的個性，所以很難說出更多讚美。

房東圭子似乎不討厭鬍子男。據我所知，亨佛萊．鮑嘉（註）很少蓄鬍，（我雖不才，但身為私家偵探的兒子，這種程度的知識還難不倒我啦！）不過留鬍子的私家偵探更吸引她。

涼介老爸在享受這種優厚待遇的同時，卻好像一直保持禁慾的態度。

不過，他絕不是對所有女人都保持禁慾的態度，相反的，我知道他偷偷鎖定的目標是我的家教麻里姊。

也就是說，老爸很滿意目前的生活，不希望因為和媽媽桑圭子搞七拈三帶來變化。我這個好色老爸至少還有腦袋想到這一點。

我揹著書包，推開「麻呂宇」的玻璃門。「麻呂宇」有一張吧檯和四個包廂席。媽媽桑圭子的多年老友——長得很像克里斯多佛．李（Christopher Lee）的老酒保星野先生，正把杯子擦得閃閃發亮。

一天之中，我至少有一餐是由這位星野先生或媽媽桑圭子餵飽的。

我們父子倆一起生活了十年以上，我對老爸和我自己的廚藝深信不疑——那就是完全不值得信賴。

「阿隆，回來啦！」

正在吧檯前塗指甲油的圭子說道。

她比老爸大一、兩歲，撇開整天化妝不談，她的個性和外表還算差強人意。有時候，她會穿一些對自己的年齡來說，令人不敢恭維的暴露服裝，不過，這也是她的可愛之處。

「這顏色怎麼樣？涼介會喜歡嗎？」

媽媽桑把剛塗完指甲油的指尖伸到我面前問道。

「有點超過。」

我向來注重為人處世，即使看到塗成紫色的指甲，也只是這麼委婉地表達意見，然後在吧檯前坐下。

店內播放著我借他們的「Wham!」的歌曲，還有四名時下常見的腦殘女大生在窗邊研擬今晚的作戰方案。

「星野先生，我餓了，弄點東西給我吃吧！」

身材修長的星野先生穿格子背心很好看，他面無表情地點點頭。星野穿禮服的模樣

註：Humphrey Bogart，電影《北非諜影》的男主角。

絕對會讓那些驚悚片影迷為之瘋狂，因為實在太酷了。

如果再搭配尖尖的虎牙，絕對會被當成吸血鬼德古拉。聽說他具有白俄羅斯血統，五官的輪廓很深。

聽說附近某知名女子大學還組成了星野伯爵後援會。

星野先生鄭重其事地從廚房吧檯底下拿出餐盤。

「我就知道你會這麼說……」

我探出身子。

「我做了烤飯糰。」

2

吃完伯爵的烤飯糰，我要了一杯冰咖啡，又向媽媽桑圭子要了一根七星菸。

順便提一下，在冴木家，只要不是當著老爸的面，抽菸喝酒都OK。這件事也顯示了老爸對教育多麼缺乏熱情。

「對了……」

塗完指甲油，又開始用粉餅進行掩飾皺紋大作戰的圭子抬起頭說：

「剛才，那個叫麻里的打電話來，說今天有事不能來了。」

我啐了一聲。「那個叫麻里的」的說法透露了媽媽桑微妙的情緒。

和冴木家親近的女人，除了媽媽桑，就是我的家教倉橋麻里小姐。

麻里姊是個二十一歲的女大生，大我三歲，絕對不像時下的女大生腦袋空空，相反的，她精通各方面的知識。

畢竟她以前混過飆車族。上課時，只要我出言不遜，立刻會挨她一巴掌。

雖然以前混過，不過她念的不是知名的女子大學，而是如假包換的國立大學法學院。一身肌膚曬得黝黑，全身該瘦該胖的部位，前凸後翹一樣都沒少。此外，讓人聯想到猛犬，不對，應該是凶貓的臉蛋令我無力招架。

我念的高中是男女同校，盛行男女交往，壞得剛剛好的我成為同學中唯一沒馬子的人，其實跟她有很大的關係。

兩年前，我終於告別了處男生涯，眼前唯一的目標就是把到麻里姊。

當然，我心裡很清楚，這個念頭一旦被她察覺，就會遭到嚴厲的制裁。

涼介老爸不知是否察覺了我的心思，最近突然對麻里姊展開第三類接觸。麻里姊似乎也樂在其中，我每天都提心吊膽，照這樣發展下去，他們恐怕會發展成第三類插入。

因此，每個星期五上課時，尤其像今天老爸不在的日子，我都試圖找機會讓我們的接觸進展到接吻。

事實上，這也是我今天擺脫那些損友直接回家的最大理由。

「唉——」

我落寞地嘀咕著，把煙噴向天花板。

既然這樣，乾脆自暴自棄去夜店把馬子吧——我暗自嘀咕著。即使不去夜店，我冴木隆的學生證裡還夾著一、兩張只要不是剛好有事或有急事，或「每個月的不速之客」報到，就肯陪我玩的女生名單。

反正老爸不在家，不如打幾通電話，在我家舉行一場微不足道的性愛派對吧。

怎麼辦……？我暗自思考，看了手表一眼。

下午四點四十分，去夜店太早了點。

就在這時候。

「歡迎光臨！」

媽媽桑圭子欣喜地叫了起來。飽滿宏亮的聲音和她的年齡完全不符。

（慘了！）

只有一個人會讓媽媽桑發出這種嬌聲。我在菸灰缸摁熄香菸。

果然不出所料，是涼介老爸。他也穿著不符合年齡的白色T恤配棉質長褲，捲起連帽衫的袖子。

「喂，這個不良少年是抽菸現行犯，當心被輔導喔。」

老爸說著說著，在我旁邊坐了下來。

「這招太賤了，而且這不是我的衣服嗎？」

「我找不到衣服穿，借一下有什麼關係。」

「還我的時候記得洗乾淨。」

我嘟著嘴說道。

「那抽菸的事我就不跟你計較了。」

看吧，這哪像為人父說的話！

「怎麼了？你不是有事嗎？去就業中心領了失業保險金沒？」

看他一臉發呆的樣子，忍不住就嗆了他幾句。

「啊，怎麼對你老爸這樣說話？阿涼，我倒杯好喝的咖啡給你。」

媽媽桑瞪了我一眼，快步走進吧檯。伯爵和我互使了一個眼色，悄悄地聳聳肩。

圭子熱心招待的都是一些賺不到幾個錢的客人。打開天窗說亮話，我能在「麻呂宇」受到如此款待，也是因為涼介老爸是「將」，而我只是老爸的「馬」。

「阿涼，怎麼了？有人上門委託嗎？」

「妳聽了會昏倒，這人根本沒有意願工作嘛！上次有個暴發戶阿姨說要調查老公外遇，他竟然說：『我只調查犯罪案件。』就把這兩個星期來唯一的客人打發走了。」

「阿隆，你不懂，男人有必須堅持的自尊。」

媽媽桑用不知從哪裡現學現賣的台詞替老爸辯護，當事人卻事不關己地拔著鼻毛。

「根本沒有冷硬派的影子嘛。」

「對了，阿隆，今天是星期五吧。」

「她有事不能來。」

老爸聽到我的回答，一臉無趣地點點頭。如果我沒猜錯，他原本在麻將館打麻將，一定是突然想到麻里今天要來，才匆匆趕回來。

看著別人正在體會與自己一樣的失落，那種感覺並不差。

我的心情稍微舒坦了點，用吸管啜飲著冰咖啡。怎能讓這種不良中年搶走麻里姊！

我喝完咖啡後，站了起來。

媽媽桑送上濃縮咖啡，老爸一派悠然地問道。

「去哪裡？」

「讀書、讀書，因為我還年輕。」

我說著，順手拿了一支老爸的寶馬（Pall Mall）菸。

「這是衣服的租金。」

我把菸夾在耳朵上，走向「麻呂宇」的出口。

「如果有不懂的，我可以教你。」

「開什麼玩笑，我高中只想念三年就畢業。」

我又嗆了他一句才走出去。其實，在外語方面，老爸的確有兩下子。我也搞不清楚是怎麼回事，不過以前曾經看過他教「麻呂宇」的德國客人認路、流暢地翻譯星野伯爵他奶奶寫的俄文信，有時候還很專心地閱讀英文版的《News Week》。

我想他以前做的應該是走私生意。其實，走私客和私家偵探都是半斤八兩。反正，我早就做好了心理準備，老爸哪天有牢獄之災，我也不會太驚訝。

我推開與霓虹燈招牌相同字體的「冴木偵探事務所」大門。一打開沉重的鐵門，就聽到電話在老爸愛用的那張落伍的捲門書桌上響了。從答錄機尚未啟動來看，應該才打來不久。我把書包掛在派不上用場的衣帽架上，拎起聽筒。

「你好，這裡是冴木偵探事務所。」

我奉老爸之命，把音調降低兩個八度。

「啊，阿隆，太好了，你回來了。」

我太高興了，電話彼端傳來的是麻里姊的聲音。

「妳說有事不能來，怎麼了？」

我把耳朵上夾的那支寶馬菸移到嘴唇，用老爸心愛的陳舊Ronson打火機點著了。

「你在抽菸，我要告訴涼介。」

「這是我從妳的涼介那裡得到的戰利品。」

「那就算了，涼介呢？」

「老師，我才是妳的學生。」

「我現在要找的不是不良高中生，是不良大叔。」

「他在『麻呂宇』。」

「是嗎？等一下會上來嗎？」

「遲早會上來。反正除了這裡和苦窯以外，他沒有別的地方可去。」

「其實，我有事要找他商量，不，是有事要委託他。」

「工作嗎？」

「對，但委託人不是我。」

「急件嗎？」

「有點急，我朋友有麻煩了。」

麻里姊慘澹地說道。混過飆車族的她會用這種語氣說話，顯然是真的遇到了麻煩。

「知道了，要我去叫他嗎？」

「我和委託人三十分鐘後過去你們那裡。」

「了解。」

掛斷電話後，我又打去「麻呂宇」。麻里姊了解老爸的「工作偏好」，既然會帶委託人過來，那就表示牽涉到犯罪。

我把麻里姊的事告訴老爸，叫他趕快上來。然後走到廚房，按下咖啡機的開關。

其實也可以請麻里姊把委託人帶去「麻呂宇」，不過，讓麻里姊遠離老爸的牽制策略，純粹是考量到冴木家被房東趕出廣尾聖特雷沙公寓的窘境。

在不敢得罪媽媽桑圭子這一點，我們父子的利害關係顯然一致。

有一個缺乏生活能力的老爸，當兒子的就不得不多擔待點。

3

整整三十分鐘以後，我換上牛仔褲和運動上衣往窗下一看，一輛深藍色BMW633停在「痲呂宇」前。

痲里姊和一個男人下車。痲里姊穿著紅色超短迷你裙和V領T恤，古銅色長腿上纏繞著一雙好像羅馬奴隸穿的涼鞋。

我享受著杯裡飄溢的法式烘焙咖啡香，欣賞她那雙賞心悅目的美腿，渴望她坐在我心愛的NS400R後座，與我一起奔向異國。

與她同行的男人大約三十過半，年紀與老爸相仿，或是比老爸小幾歲。一看就知道對方的家世背景不錯，搞不好從小念的是慶應幼稚園，再不然至少讀過慶應高中。

無論是那頭短髮，還是簡潔的灰色西裝和牛津鞋（wing tip），總之，渾身散發出濃濃的慶應味。

對方的膚色也曬得黝黑，興趣應該是高爾夫球和網球，冬天喜歡滑雪。

看著他們走向樓梯的方向，我靠著牆壁後踢了一下。

老爸一上樓，就打了一個呵欠，回到臥室打起瞌睡來了。

我把杯子放在書桌上，打開老爸臥室的門。

老爸心愛的特大號床被一片彷彿熱帶植物園的綠意包圍。不管我在不在家，老爸在這張床上不知惹哭了多少女人。

「爸，客人來了。」

在床上和衣躺平的涼介老爸驀地抬起頭。

「看起來付得出調查費嗎？」

「BMW，如果我沒猜錯，他老媽應該是貴婦。」

「你看客人的眼光很精準。我來看看……」

老爸摸著鬍子一屁股起身。我關上門，替麻里姊和客人準備咖啡。

門鈴響了，麻里姊率先走了進來。

「歡迎光臨，所長馬上就來。他正在裡面整理資料。」

我請他們在沙發上坐下，並送上咖啡。

「不好意思。」

男人彬彬有禮地點頭回答。麻里姊看著我，覺得我很滑稽。

「久等了。」

老爸把門打開一條縫擠了出來，以免客人看到房間裡的情況。

他依然穿著那件棉質長褲，不過T恤外面罩了一件深藍色西裝外套。看起來不像偵探，反倒像遊艇碼頭的船東。

當男人起身時，老爸一臉嚴肅地看著我說：

「辛苦了，你回資料室吧。」

即使去資料室——我的房間，也可以聽到他們的對話。

我向客人行了一禮回到自己房間，把室內對講機戴在耳朵上。

「敝姓宗田。」

那個男人似乎拿出名片說道。

「我是所長冴木涼介。」

「呃，剛才那位是……」

「我的助理，其實只是個跑腿……」

擔任私家偵探的老爸在工作時聲稱自己單身。因為媽媽桑圭子說，客人對於單身偵探的接受度比較高。

「請說明一下情況吧！」

老爸一屁股坐在捲門書桌前的皮椅上。因為我聽到老舊的彈簧發出慘叫聲，不用看也知道。

「其實……」

「我來說吧……」

宗田和麻里姊同時開口。經過短暫的沉默，麻里姊說：

「我先說吧，宗田先生，這樣對你也比較好！」

「那就拜託妳了。」

我從書包裡拿出七星菸。聽委託人談事情時，必須用尼古丁保持頭腦清醒。

「我有一個高中同學叫小舞，櫻內舞。她老家在東京，上了短大以後，她一個人搬到青山的公寓，目前在六本木的酒店打工，她在那裡認識了宗田先生。」

「你結婚了吧？」

老爸親切地問道。

「呃，對！我們公司不大，不過做的是半導體產業，在業界市場的占有率很高。我在十年前娶了董事長的小女兒。」

「你太太年紀比你大嗎？」

「你怎麼知道?!」

「這一行做久了，自然會知道。」

知道個屁！我們之前和麻里姊，還有那個小舞一起去過六本木的咖啡店。小舞有點做作，但很性感，也很好色。如果我是處男，她搞不好會對我說：「讓姊姊來調教你吧！」

「總之，小舞就是宗田先生的情婦。不過，小舞很認真地扮演情婦的角色。她三天前突然失蹤了，宗田先生到處找她，結果接到了一通電話。」

麻里姊示意宗田繼續說下去。

「一個年輕男人說，小舞在他手上，如果不想讓小舞斷手斷腳，就準備五千萬。」

「結果呢……」

「我根本不可能瞞著我太太籌五千萬，如果把高爾夫球的會員證賣出去，或許可以籌到一千萬左右。」

「原來如此。」

「我這麼告訴對方後，他說他知道我不敢告訴太太，也不敢報警，還說改天再聯絡。」

「他打哪支電話？」

「我車上的。」

我不禁發出感嘆聲，對方太高明了，只要打車上的行動電話，就不怕被他太太或公司的人聽到。

「什麼時候發生的？」

「昨天晚上。我去小舞的公寓，發現她還沒回家，後來，我在回世田谷家裡的途中接到電話。」

「涼介，你覺得呢？」

「在這之前……，宗田先生，你有什麼打算？報警？還是付贖金？」

「如果是五千萬，我剛才已經說了，根本無力支付。如果可以降到雙方都能接受的金額，我希望把小舞贖回來……」

「所以，你有意支付囉？」

「嗯。」

「那要我做什麼？」

「如果對方不知道小舞是我的情人……，情婦，就不會有這次的勒索。反過來說，即使這次付了贖金，把小舞贖回來，也沒人能保證以後不會發生類似的事。既然這樣，即使不報警，我也想知道歹徒是何方神聖。」

這個大叔似乎不止有錢，還有腦袋。我正這麼想時，麻里姊說：

「宗田先生，千萬不能氣餒，涼介一定會幫你把小舞找回來的。」

「萬一小舞有什麼三長兩短……」

「麻里，宗田先生說的沒錯。如果她在綁匪手上，我們就不能輕舉妄動。」

老爸難得說得這麼正經八百。

「對方打電話來的時候，你有聽到小舞小姐的聲音嗎？」

「沒有，我當時很慌亂。」

「下次接到電話時，請務必確認。」

「這麼說，你願意接這個案子囉？」

「委託費先付二十萬，這是基本費，為期兩天。如果需要延長，每天要加活動費四萬。當然，我不會洩露機密。可是，如果我能讓你在不付贖金的情況下找回小舞小姐，是否可以把原本的贖金的百分之十，也就是一百萬當做特別獎金？」

沒想到老爸這麼精明。

「那當然……」

「那就成交了。如果你需要，我可以開幾張不同日期的收據……」

他在這種地方又很世故。

「不需要。但是，真的……」

「我還有另一件事想請教。」

「什麼事？」

「你的公司是做半導體的，請問主要客戶是哪些？」

「這跟案子有什麼關係？」

「如果你付不出錢，只能以貨抵債了。」

「……」

宗田似乎無言以對。

「但……但是，這……」

「請問是哪些？」

「幾家家電公司，還有一些特殊產品是某家重工公司的。」

「哪一家重工？」

「M，M重工。」

「這麼說，是軍用物資吧。」

「言重了，雖說是軍用物資，但我們做的只是零件。」

「知道了。總之，如果綁匪打電話給你，請你務必跟我聯絡，也可以在答錄機留言。」

「好，一定會的。那我先回公司了。」

他似乎在掏錢。看來，冴木家這個月還不會破產。

麻里姊留了下來。宗田離開後，我掛好對講機的聽筒，走進辦公室。

老爸把雙腳擱在捲門書桌上，無精打采地問道。

「你聽到了嗎？」

「嗯，好像是自導自演。」

聽到我這麼回答，麻里姊的美腿迅速變換了一下姿勢。涼介老爸的下巴立刻抬高了兩公分。

「對，一開始我也這麼覺得。小舞以前混得很凶，不過最近安分多了。」

「連妳都這麼說，可見得她混得多凶。」

麻里姊穿涼鞋的腳趾頭往上一抬，朝我小腿踢了過來。

「啊——」

「偷竊、賣淫，無惡不作嗎？」

「嗯，這次搞不好也是她在耍花招，可是……」

「五千萬實在是獅子大開口。」

老爸替她說完後半句話。

「難不成另有目的？」

我撫摸著小腿，在老爸腳邊坐了下來。

「看對方之後怎麼改變要求。」

「如果不是錢……」

「那就不妙了。」

涼介老爸把寶馬菸叼在嘴角說道。他拿起宗田留下的名片。

「『關東半導體』的總公司在目黑，工廠在靜岡。隆，我讓你有機會跟麻里約會。不過，萬一有狀況，你要保護她。」

「我才不要小鬼保護。涼介，那你呢？」

真令人洩氣。

「我去兜兜風，調查一下宗田的公司。你們去調查小舞的交友關係。」

「了解。」

「萬一遇到兄弟，盡量避免刺激對方。如果被他們帶走，要我去事務所交涉也很麻煩。」

「根本不指望你。」

說著，我站了起來。

「啊，對了，差點忘了。老爸，我原本用功讀書的時間要用來孝敬您了，那就以時薪兩千圓計算吧。」

我伸出一隻手。

老爸瞥了我的手一眼，用冷硬派的語氣說：「一千。」

「一千八。」我說道。

「一千三。」

「一千五。」

「一千四。」

「真拿你沒辦法。」

我聳聳肩。

老爸賊兮兮地笑了，從桌上的信封抽出一張福澤諭吉（註）。

「七個小時的鐘點費，外加獎金。好好幹活！」

搞什麼嘛，賺錢真不容易。

4

我把備用安全帽遞給麻里姊，坐上NS400R。這輛車坐兩個人有點勉強，但只要不亂來，應該沒問題。

老爸坐進那輛很難想像還能在公路上奔馳的美產休旅車，我朝他揮揮手，發動了NS400R。

排氣管的聲音真是催人淚下。我為了買這輛車，去年卯起來打工，因為冴木偵探事務所的助理費實在太不可靠了。

小舞的公寓離我們的聖特雷沙公寓不遠，就在南青山的根津美術館旁。

那是一棟以小套房為主的八層樓出租公寓，宗田先生把鑰匙寄放在麻里姊那裡。

我把機車停在公寓後面的停車場，和麻里姊一起走向電梯。

「你打算怎麼做？」

麻里姊在電梯裡問我。

「考慮到自導自演的可能性，得先調查她的交友關係，再看看她的房間。」

「宗田先生有她的房間鑰匙，她怎麼可能在家裡放其他男人的東西？」

電梯停在四樓，我們在走廊上走著，麻里姊一邊問道。

「調查一下，總會發現什麼。來，請吧！」

我指著四〇三號房的鑰匙孔答道。

註：日幣一萬圓紙鈔上的人像。

小舞住的小套房差不多有四坪大，鋪著地毯，雖然沒有老爸的臥室那麼誇張，不過也放了很多觀葉植物。靠陽台的位置放了一張雙人床、大型簡易衣櫥、迷你音響組合、玻璃桌和坐墊。

床罩隨意搭在床上，上面還丟了幾件穿過的牛仔褲和T恤，現場並沒有遭人闖入的痕跡。

即使小舞真的被綁架，也不是從這裡被強行帶走的。

床鋪對面的牆壁，有一個放了電視和迷你音響組合的夾板電視櫃。

我看了一下，再朝廚房張望。

流理台有一只菸灰缸和一個咖啡杯，菸灰缸裡有幾支沾到口紅的Sometime菸蒂，並沒有其他品牌的菸。

我打開單人小冰箱，裡面的東西很沒營養——三瓶百威啤酒、一罐美乃滋，還有一罐可樂，乾透的芹菜孤伶伶地躺在蔬菜盒裡。

瓦斯爐上放了一個小型琺瑯壺，沒有鍋子，也沒有電子鍋。

「她好像不喜歡下廚。」

「她根本不會做菜。」

「顯然是。」

我瞄了一下浴室。

洗髮、護髮用品一應俱全。

麻里姊坐在床上，我回到臥室，看著電視櫃。

幾本孤伶伶的教科書和筆記本被一整排瓶瓶罐罐的化妝品擠到一邊。此外，還有幾本稱得上是書的《少女漫畫》。

我打開電視櫃的抽屜，裡面有幾本照相館送的相簿。

我翻開相簿，發現有她和宗田去關島之類的地方度假所拍的照片，還有去東京迪士尼樂園，在宗田的BMW前搔首弄姿的照片。

我拿了一張她的獨照，放進口袋，尋找其他線索。

並沒有找到她和宗田以外的男人的合照。

她似乎把通訊錄和記事本帶在身上。女人都會在記事本上記錄與男友約會和「每個月的不速之客」報到的日期。

「不好意思，借我看一下。」

我瞥了麻里姊雙腿深處一眼，往床底下張望。

找到了，找到了，裡面有幾個紙製收納盒。我把它拉出來打開一看。

「喲，麻里姊，這就交給妳吧！」

那是一片內褲花田。

我把其中一個紙盒交給麻里姊，打開另一個。

裡面裝的是舊照片和信件。

「這樣好嗎？感覺心情有點沉重。」

麻里姊停下翻找內褲的動作嘀咕道。

「同感！不過，這也沒辦法。幹偵探很辛苦。」

我開始翻照片。有了，有了，裡面有不少十幾歲的小舞穿著雪白戰鬥服，站在改裝Skyline前的照片

還有她和其他男人的合照。剃眉、寬版學生褲，兩人一身情侶裝，標準的不良學生裝扮。

他們還穿著印有「死亡陷阱」字樣的防風外套。那是太古時代的某飆車族名號，老早就解散了。

「這是她的前男友嗎？」

我把照片出示給麻里姊。麻里姊點點頭。

「對，不過已經掛了，在第三京濱公路翻車。」

「哇塞，哇塞。」

我開始找其他照片。

從髮型來看，只有一張看起來像是最近拍的。小舞身邊站著一個男人，這也是在一輛車前面拍的。

那是一輛Sting Ray。

我端詳那個男人。他的皮膚很白，一頭長髮，五官很像女人，看起來像是少女漫畫裡的男主角，但嘴角帶著一抹冷笑，年約二十五、六歲。

「妳認識他嗎？」

我出示給麻里，她搖搖頭。

「啊——，裡面都是內衣褲和小帽帽嘛。」

她拿起收納盒，嘆了一口氣。如她所說，裡面放了超過兩打的橡膠製品。這個世界上明明有避孕藥這麼方便的東西，小舞不是怕麻煩，就是抵擋不了別人上門推銷。

無論哪一種，這女人都具有被男人霸王硬上弓的特質。

「接下來呢？」

兩人步出公寓，麻里姊問道。Sting Ray老兄的照片是此行唯一的收穫。

天色漸漸暗了。

「小舞現在還在六本木的酒店上班嗎？」

「半年前，跟宗田先生交往後就辭掉了。」

「那家店叫什麼？」

「『雅典』，不過你進不去啦！」

「這件事就交給好色老爸處理。可以用經費花天酒地，他一定樂壞了。」

麻里姊一臉無趣地點點頭。關於麻里姊，冴木父子的利害關係似乎無法一致。

「她常去哪裡玩？」

「六本木。都跑夜店『outline』，還有咖啡店『天空藍』。」

「那我們去那裡填飽肚子吧。」

「萬一你被『輔導』，那可不關我的事喔！」

「開什麼玩笑，有姊姊相陪，不會有問題的。」

「天空藍」雖然具有現代感，不過休閒風較濃厚，還滿適合新手熟悉環境。

我們點了義大利麵、焗飯、德國香腸和拉格啤酒，由於「文化俱樂部」（註）的歌實在太吵了，所以我們坐在裡面的位子。

「小舞的朋友都知道她跟宗田先生交往嗎？」

乾杯後，我問麻里姊。我的酒量很好，或許是像老爸，我自己這麼說有點奇怪，我可以臉不紅氣不喘地喝掉一整瓶威士忌。

「沒這回事，」麻里姊搖搖頭，「女生朋友，只有我和她短大的同學知道。」

「妳認識她同學嗎？」

「以前聽她提過，她們好像自稱四姊妹。宗田先生見過那幾個人。所以，在接到綁架電話之前，就打電話問過她們。」

「妳也見過她們嗎？」

麻里姊撇了一下嘴角。

「我不喜歡那票人，花枝招展的。」

「麻里姊，妳是個性派的。」

那把正在切香腸的刀子在我鼻尖一亮。

「等一下吃飽了有什麼計畫？」

「我想去查查照片上的老兄。不過，比起我一個男人去打聽，正妹麻里出動的收穫比較大吧。」

註：「Culture Club」，走紅於八〇年代的英國新浪潮團體，四名成員分別來自愛爾蘭、英國、牙買加和以色列等不同的文化背景，故取此名。

「然後呢？」

「先回辦公室，跟老爸商量一下。」

我把照片交給麻里姊，繼續吃飯。

吃飽後，我徘徊了一陣子，觀察店裡的客人。或許有不少想來把妹的小混混，不過並沒有企圖綁架的大惡棍。那種人應該會去服務更貼心的店家吧。

這個年代，只要有一台鐳射唱機、一座吧檯及全自動咖啡機就可以開店了。

相較之下，「outline」就粗獷多了，消費客層也囊括了有錢大學生、模特兒、同性戀、老外等等各式各樣的人。

麻里姊亮出美腿，門僮銳利的目光立刻被吸引，我們大搖大擺地走了進去。

舞台位於縱長空間的最後方，前方是酒吧，更前面有一大群人潮，好像趕電車的通勤族。那些手拿酒杯、雙眼發亮的傢伙也在黑暗中晃來晃去。

「在這裡要怎麼打聽？」

麻里姊緊貼著我，在我耳邊大吼。「文化俱樂部」的歌在這裡也大行其道。

「別擔心，很快就有人過來邀舞。到時候，妳拿出照片問他們，如果對方不告訴妳照片上的男人是誰，妳就別理他。」

「你是認真的嗎？」

「百分之百認真。不過，如果妳真的跟他們跳，我會吃醋喔。」

「白痴。」

前來搭訕的男人果然絡繹不絕。第一個是典型的外國暴發戶，膚色黝黑，應該是阿拉伯人。他向麻里姊搭訕，麻里姊出示照片，對方聳聳肩，掉頭就走了。

接著，是一個身穿義大利休閒服、看起來像是混服裝業的老兄。沒多久，此人也悻悻然地離開了。

大學生、模特兒接二連三向麻里姊搭訕，但紛紛敗興而歸。

我在角落目不轉睛地觀察著。

此時，耳邊突然飄來一股異味。

「弟弟，要不要跳舞？」

站在我身邊的是一個身穿黑色皮背心、黑皮褲，戴著墨鏡和項鍊的同性戀。感覺在克里斯多佛街（註）也很有賣相。我身高一百七十五公分，他比我還高。

他伸出滿是體毛的手撫摸我的大腿。

「對不起，我今天不太舒服。」

註：Christopher Street，在柏林舉行同性戀大遊行的街道。

「別說這種讓人傷心的話嘛，試一下，你就會欲罷不能了。」

那傢伙說道，身上的項鍊叮噹作響。他的兩個同伴拿著罐裝啤酒，興致勃勃地看著我們。

此時，麻里姊走了回來。

「根本不行，簡直就……」

她發現那幾個男人，停下了腳步。

「比起跟母狗交往，你跟我在一起保證快活多了。」

那傢伙色迷迷地在墨鏡底下瞟著麻里姊，對著我咬耳朵。

「阿隆，怎麼了？」

「麻里姊，照片借我一下。」

說著，我把麻里姊手上的照片遞到他面前。

「你認識這個人嗎？我們正在找他。」

放在我大腿上的手立刻抽了回去，他瞇起眼瞄著我。

「這張照片從哪裡來的？」

「你先回答我的問題。」

「小鬼，不放尊重點，別怪我不客氣喔。」

他咄咄逼人地威脅道。

「要不要出去聊？」

「你不怕被打得滿地找牙嗎？」

「阿熊……」其中一人用沙啞的聲音叫道，「這傢伙有神哥的照片。」

「是嗎？當心別讓他賠上小命。」

「不會啦，只會讓他舒坦一下。」

「線索，線索。走吧。」

我拍了拍阿熊穿著皮背心的肩，朝門口走去。阿熊跟在我身後，麻里姊打算跟上來，卻被阿熊的同夥抓住。

「等一下，賤貨！」

麻里姊的手在腰際的小包包閃了一下，頓時，一把刮鬍刀抵住了對方的喉頭。

「大哥，要不要幫你整型？手放開！」

男人用力吞了一口口水，鬆開了手。這一連串動作發生在一瞬間，周遭的人都沒有察覺。

「放心吧，我不會動手的。」

麻里姊推了推渾身僵硬的阿熊的背。有這種家教，真教人放心。

我們走出「outline」，走進後方大樓四下無人的停車場。

阿熊額上冒汗，呼吸急促。我走到他面前，他問：「你們到底是誰？」

「區區打工偵探。」

我的趾尖稍稍使力。

阿熊目不轉睛地盯著我，下一瞬間，他猛然揮拳。

我一低頭，閃過他的拳，再一拳揮向他的胸口，然後以左勾拳打中他的腰。

揮完兩拳，我向後退了一步。阿熊的下巴淌著汗。

「那個叫『神』的到底是什麼人？」

阿熊揮動雙手，我又朝他鼻尖輕輕打了一記直拳，那應該會痛不欲生。阿熊呻吟了起來，上半身用力晃了一下。

「你……你在練拳嗎？太卑鄙了。」

阿熊口齒不清地嘀咕道，鼻血從鼻孔噴了出來。

「神呢？」

阿熊的目光從我身上移開。

我再度揮向他的胸口。這次打的位置比較低，輕輕鬆鬆擊中了要害。阿熊彎腰吐了起來。

我往旁邊退了一步，免得被他的穢物濺到，然後，我一把抓住他的頭髮。

「你會說吧?!」

阿熊用力咳嗽，點點頭。

5

「那個叫神的傢伙好像是混六本木一帶的老大，不過跟黑道無關。」

「那個人妖說的嗎？」

涼介老爸把雙腳擱在捲門書桌上。

「對，他沒有加入任何幫派，算是革新族。長相可愛討喜，之前參與過學生創業，很能幹，也很有手腕，好像還有金主當後台。」

「金主？」麻里姊問道。

「地下錢莊或右翼團體，雖然稱不上是黑道，卻是職業犯罪集團。」

「然後策畫綁架嗎？這樣很奇怪。」

「如果他們的目的不是五千萬，那就不奇怪了。」

老爸搔抓著下巴的鬍子。

「什麼意思？」

「我跑了一趟靜岡，調查了『關東半導體』。出貨給M重工的特殊產品是戰車和噴射戰鬥機偵測雷達上的電腦零件。」

「那他們的要求是……」

我問道。老爸在桌角拿起抽到一半的寶馬菸，噴了一口煙。

「你們回來之前，宗田先生來電說對方改變主意了，說什麼如果沒辦法籌到五千萬，那就準備一百箱電子零件。」

「一百箱？」

「他們也不是笨蛋，沒叫他一次準備那麼多，而是慢慢交貨。」

「他們要這些零件幹嘛？」

「麻里，妳不明白嗎？以前，蘇聯飛行員開著米格25戰鬥機到北海道投誠。那些技師卯足全力拆解，想看看最新型戰鬥機的結構，結果發現裡面的半導體零件幾乎都是日本生產的。」

「這麼說……」

「只要了解半導體的用途，再賣給那些缺乏製造技術的國家，就可以賺大錢。」

「這不等於是武器出口嗎？」

我說道。不知道老爸從哪裡查到這些消息，也不知道他到底是從雜誌上現學現賣的，還是信口胡謅。

「這也是走私，是惡性重大的走私。」

「這麼說，他們和蘇聯間諜勾結囉？」

「應該不至於有直接關係，有人會和他們交易。只要有利可圖，不管是販賣人口還是科技產品，都有人搶著做。」

「真糟糕。」

「沒錯，我早就說過了，的確很糟糕。那個叫神的傢伙如果是他們的爪牙，恐怕不好對付。」

「要不要交給警方處理？」我問道。

「你想砸了冴木偵探事務所的招牌嗎？那怎麼行，偵探也有偵探的尊嚴。」

老爸微笑地說出了「麻呂宇」媽媽桑聽了會哭的話。

「什麼時候交貨？」

「對方說，還會再聯絡，就把電話掛了。」

「宗田先生答應了嗎？」

「聽說他已經準備了十箱，之後再一箱、兩箱慢慢交貨。」

道。」

「對方OK嗎？」

「答應了。一旦交了第一次貨，宗田先生等於受他們控制，他們藉此確保進貨管道。」

老爸挑著單邊的眉毛說道。

「那我們要做什麼？」

「麻里先留在這裡，萬一我和隆出了事，這世上也不會有人難過。」

「為什麼？」

麻里姊不太高興地嘟著嘴。我也贊成不能讓麻里姊冒險，我很清楚，老爸根本不懂什麼是親情。

「需要有人負責聯絡。」

老爸委婉地訓示。

「那我要做什麼？」

「去監視宗田先生。正確地說，是找出監視宗田先生的人，然後你去監視那個傢伙。汽車電話這種東西，一旦人下了車，就接不到了。我相信那些傢伙應該隨時都在監控宗田先生的一舉一動。」

「找到監視的人怎麼辦？海扁他一頓，叫他帶我去見小舞嗎？」

「你可能打不過他們，那些傢伙都是職業級的，隨身帶著比拳頭更硬的東西。」

「OK，我會小心。老爸，那你呢？」

「我昨天打通宵麻將，要補眠一下。」

他誇張地打了一個呵欠。天底下居然有這種老爸，讓兒子蹺課，自己跑去睡大頭覺，豈有此理。我暗自發誓，即使他遭檢舉違反兒童福利法，我也絕對不會為他開脫。

翌日是星期六，勇敢的冴木隆蹺課協助家業，在「關東半導體」總公司前的停車場展開跟監活動。「關東半導體」是一棟六層樓高的方形建築，位於環七公路外的住宅區，停車場不大，分為高級主管專用和業務用兩個區域。

高級主管專用區停著一輛皇冠和一輛日產的President，還有宗田先生的BMW。

我把機車停在看得到那裡的小公園角落，安全帽充當枕頭，躺在公園的長椅上。涼介老爸一大早就不知去向，麻里姊帶了便當，在事務所待命。

眼前除了我，沒有其他人在監視宗田先生的舉動。

不知從哪裡傳來宣布正午的鈴聲。

宗田先生就要出現了。我坐了起來，戴上全罩式安全帽。如果他直接回家，那就表示對方並沒有和他接觸。

當然，如果那些人改變主意，打他公司裡的電話，那又另當別論了。

我等了十五分鐘，宗田先生現身了，他頭也不回地坐上BMW，發動引擎。

只要沿著環七就可以到他位於世田谷的家。我看到那輛BMW駛入環七後不久，也跟了上去。

路上車滿為患，根本分不清哪一輛車在跟蹤他。我在車流中鑽來鑽去，時而超越BMW，時而落後，持續監視中。

BMW在柿木坂的十字路口等紅綠燈時，我從照後鏡看到宗田拿起了話筒。

他是接電話，還是撥打電話？宗田先生對著話筒說了起來。這時候，號誌燈變了，BMW駛了出去。

BMW閃了方向燈，從中間的車道駛入左側車道，直到與二四六號公路交叉的路口，再往用賀方向左轉。

那不是他回家的方向！一定是對方和他聯絡了。我跟在他後面，注意同時左轉的車子。廂型車、小貨車、房車……，就是那輛！

我發現一輛白色的Gloria，車尾部分豎起一條短短的電話天線，和BMW之間隔了兩輛車。

我記下車號，在車陣中穿梭，跟在它的斜後方。

車上有兩個男人，從後方只能看到穿西裝的結實肩膀。

我努力克制想繞到前方看清楚車內人長相的衝動，繼續跟在後面。

BMW和Gloria都從用賀駛入東名高速公路。我也緊跟在後。

經過東名川崎交流道，兩輛車同時加快了速度。一般房車的速度和機車的速度根本無法相比，只要我稍微催油門，即可輕鬆飆到時速兩百公里。

過了東名橫濱交流道。他們到底要去哪裡？我隔著安全帽，狠狠地瞪著Gloria的車尾思考著。

「關東半導體」的工廠在靜岡，難道他們要去那裡？

過了厚木，又經過秦野中井，大井松田也被拋在腦後。

看來，要在御殿場或沼津下高速公路。

是沼津。

下了沼津交流道，又沿著東名駛了一會兒，來到有很多高爾夫球場的富士山腳下。

兩輛車沿著蜿蜒的坡道行駛，沿途的車輛越來越少，這種狀況對跟蹤最不利。騎車時，騎士容易曝光，極不適合在這種情況下跟監。

我在直線道旁邊看到一座電話亭，於是把機車停在路肩，走進電話亭，打電話回事務所。

「你好，這裡是冴木偵探事務所。」

麻里姊接起電話。

「我爸有沒有打電話回去？」

「還沒。」

「死老頭，到底在幹嘛?!」

「你現在在哪裡？」

「沼津，應該是宗田先生公司的工廠附近，我發現敵人的車子，是白色的Gloria，車號是……」

一輛乳白色廂型車緩緩駛上坡道，在我的機車前面停了下來。我不該分心去看那輛車子。

電話亭的門猛然被推開，一名長髮男子右手拿著槍伸了進來。他把槍口對著我的額頭，不動聲色地把左手食指放在嘴唇上。

是神。他很帥氣地穿著淺綠色三件式西裝。

神露出了得意的笑容，指指電話，對我搖了搖手指。這傢伙真做作。

「阿隆——怎麼了?!」

「沒事，我晚點再打給妳。」

我啞著聲音說完，便掛上了電話。

「小鬼，倒是很聰明嘛。如果不想讓你爸媽替你送終，就乖乖聽話，按照我的指示去做。」

神咧開女人般的紅唇笑了。

6

小舞坐在廂型車後座，身邊還有兩個男人監視。

他們不是道上兄弟，不過渾身散發著陰森的感覺，好像雙胞胎一樣沉默不語。

我雙手被反綁著，坐在小舞旁邊。小舞一臉蒼白，垂頭喪氣，一看到我，立刻瞪大了眼。

「你——」

「嗨！」

「不許說話！」

坐在副駕駛座上的男人簡短地喝止，從神手上接過手槍對準我。

神關上廂型車後方的車門，坐上停在坡道下方的休旅車。顯然他也覺得開Sting Ray太引人注目了。

廂型車發動後，我小聲問小舞。

「原來妳真的被綁架了。」

「我被神騙了，他說要帶我去兜風。」

「神知道宗田先生的事嗎？」

小舞點點頭。

「他隔了一年跟我聯絡，我那時候告訴他的，怎麼辦……」

「好像沒辦法了。」

遇到這種情況，當然不可能對她說，「都怪妳誤交損友」。就好像我被押到深山裡一槍斃命，也不可能用一句「誰教你帶衰，有這種老爸！」就讓我心服口服。

我察覺情況不太妙，開始思考怎樣才能擺脫眼前的狀況。

對手有Gloria的兩個人、這輛車的兩個人，再加上神，總共五個人，而且他們身上都有槍。

如果要談生意，或許不至於殺小舞，但是我又另當別論了。這些傢伙根本不可能考慮到兒童福利問題，看來，我被一槍斃命的機率還是很高。

廂型車開了數公里，駛離了直線道，進入狹窄的林間小路，車體上下顛簸著，繼續朝林間駛去。

差不多開了十五分鐘左右。

車子停了下來，副駕駛座的男人下車，打開後車門。

「下車！」

小舞先下車，我跟在後面。

那裡好像是廢棄的伐木工廠，四周有茂密的樹林。BMW和剛才那輛Gloria都停在那裡，休旅車也緊跟在廂型車後面駛了進來。

我們下車後，兩個男人和宗田先生分別從Gloria和BMW下車。

坐在Gloria副駕駛座的男人有點年紀，看起來像是這票人的老大。年約四十四、五歲，前額微禿，感覺很有智慧。臉上戴著墨鏡，身上穿著一套做工考究的雙排釦西裝。

司機看起來像小混混，瘦巴巴的，瞪著一雙金魚眼。

那個看起來像老大的男人輕輕咳了一下，注視著我。

「只有這小鬼跟蹤我們。」

神下了休旅車，走到男人身旁說道。

原來，對方也採取了雙重跟監措施。

「你是誰？」

男人問道。他的聲音很鎮定。

我聳聳肩。

「我是都立K高中二年級的學生冴木隆。」

「冴木？」

男人小聲嘟囔道。

「你幹嘛？」

「飆車。我打電話給我媽時，就被帶來這裡了。這是在出外景還是幹嘛？」

我故意裝糊塗，卻沒有奏效。

那個開車的小混混反手甩了我一耳光。頓時嘴唇破了，我吐了一口血，小舞輕輕慘叫一聲。

「好吧，那我就實話實說了。有一個不認識的大叔叫我跟著那輛BMW，如果我查出BMW去了哪裡，他就付我一萬圓。」

宗田先生面色如土地看著我。

「應該不是不認識的大叔吧，如果你自以為是少年偵探團，恐怕到時候後悔就來不及了。」

我仰望天空。時薪一千四百圓實在太便宜了。

那男人瞥了神一眼，急促地說：

「算了，這傢伙的事等一下再處理，先交易吧。」

「但是，警方……」

「沒報警啦。宗田先生，我沒說錯吧？」

「當……當然。我沒對任何……」

情勢相當不妙。只要稍微威脅幾句，他可能全招了。

「從這裡到你的工廠三十分鐘應該夠了吧。你去拿貨，我讓他跟你去。」

「但如果有陌生人同行……」

「你是常務董事，這種事應該有辦法處理。」

宗田先生低下頭。

「等你把貨拿來，我們就按照約定，把這位小姐還給你。之後，你每個月還要供一次貨，已經替你準備一家公司當窗口。」

「知道了。」

「就用這輛休旅車載吧，十箱的量應該不多。」

宗田先生點點頭。

「我會照你們的要求去做，所以，千萬別動粗。」

「快去快回。」

「我的ID卡和制服放在車上，沒那些東西工廠進不去，我可以去拿嗎？」

宗田先生戰戰兢兢地問道。男人略微點頭。

神跟著宗田先生走向BMW，打開車門，把手伸向駕駛座。

啪答一聲。

後車箱的車蓋微微彈起，下一剎那，車蓋用力掀起，涼介老爸跳了出來。

他雙手端著一把很大的霰彈槍。

我張大了嘴看著他，在場的人紛紛愣住了。

老爸拉了拉霰彈槍的扳機，咔嚓一聲，把槍托扛在肩上。

「這是十二號口徑，這麼近的距離，碎屑可能需要掃把和畚箕才掃得完。識相的話，乖乖把手放在腦後。」

幾個男人紛紛抱著頭。

「隆，沒收他們的槍，別擋住火線。」

我照老爸的吩咐行動，沒收了三把槍，那個老大身上沒帶槍。

我走到剛才賞我一耳光的混混前面，用力踹他下體。然後拉起小舞的手，把她帶到宗田先生那邊。

「喔，果然是你。」

我站在老爸身邊，那個老大面不改色地說：「我聽到冴木這個名字，就猜到可能是你。」

「什麼？」

「我先把墨鏡拿下來。」

男人說著，拿下了眼鏡。他好像是老爸以前的同事。

老爸注視著男人，不一會兒，輕輕點了點頭。老爸難得露出這麼威風的表情。

「你去整型了。」

老爸以低沉的嗓音說道。

「我只聽他說去找私家偵探，沒想到是你。」

那男人說的我完全聽不懂。

「你洗手不幹了嗎？」男人問道。

老爸點點頭說：「很久了，差不多有三年了。」

「還真下得了決心。」

「因為我本來就不喜歡。」

「這小鬼是你兒子？」

「很遺憾。」

男人搖搖頭。

「這太奇怪了，我不知道你結婚了。」

「我也不知道。」

老爸說完，輕輕笑了笑。

男人凝視著老爸。然後，好像恍然大悟地用力點頭。

「喔，這麼說，你……」

「唉喲，別再說下去了，現在不是緬懷往事的時候。」

老爸打斷了他。

「怎麼辦？還要繼續僵持下去嗎？你沒報警吧？」

「如果把你交給警方，後面應該會有人拍手叫好吧！萬萬沒想到原以為陣亡的駐外武官居然還活著。」

老爸說的話讓我越來越摸不著頭緒。

「那又怎樣？讓叛徒消失嗎？日本的情報機構並沒有這麼有膽識的人，更何況你已經離開了。」

「那要怎麼解決？」

老爸左手搔抓著下巴。

「那就單挑吧？」男人提議道。

「獵物呢？」

「用那裡的槍決鬥吧。如果你贏了，我就收手，宗田和這筆交易都歸你。萬一我贏了，你就別再插手。」

「萬一有人掛了呢？」

「那還用問嗎？沒死的要負責處理屍體，不能報警。」

「等……等一下，我不想……」

宗田先生慌忙說道，涼介老爸打斷了他。

「宗田先生，接下來是我跟他的問題。不好意思，劇本臨時改了。」

「到底是怎麼回事？」我問道。

「隆，我再替你加薪，幫我拿霰彈槍。」

「在決定勝負之前，手下都不能出手，可以嗎？」

那個男人說道，老爸點點頭，把霰彈槍交到我手上。

「你知道怎麼用吧？不需要特別瞄準，只要對準方位，扣下扳機就好。」

「老爸，你到底要幹嘛？」

「反正就是這麼回事啦。」

老爸拿起兩把我剛才沒收、擺在BMW引擎蓋上的槍。

「在哪裡？」

他們對話的方式好像在討論去哪裡撒尿。

「裡面吧。」

男人把墨鏡放在胸前口袋，指著樹林說道。老爸很乾脆地點點頭。

「好，走吧。」

他把其中一把槍交給對方，確認手上那把槍的彈匣後，塞進夾克裡。

我舉著霰彈槍，目送他們走進樹林深處。

不知道結局會怎樣？

那群男人也想行動，卻不敢輕舉妄動。

「你們的老闆到底是誰？」

我問神，神頭也不回地說：

「誰知道，去問你老爸。」

突然間，林子裡傳來一聲槍響。不，或許是兩聲。由於發生在剎那間，根本無法分辨。

在場者紛紛看向樹林的入口，那裡出現一個人影，左手按著右肘。我提心吊膽地看著那個身影逐漸清晰。

是那個老大。老爸沒出來。

男人大搖大擺地走過來，走到我、宗田先生、小舞和他手下之間的位置，緩緩地停下腳步。

他看著我。

我感覺喉嚨發乾。

他對我說：「小子，你很有種，很像你生父和養父。」

咦？我正想問是怎麼回事，他已經轉身離開了。

「走囉，上車。」

他命令手下，然後坐進Gloria的副駕駛座上。在即將關車門之際，他回頭看著我的後方。

涼介老爸站在樹林入口處，雙手插在褲袋裡，慵懶地靠著樹幹注視他。

「冴木，後會有期。」

男人大聲說道，Gloria開走了。

我恍惚地望著三輛車陸續離去。

有人用力拍我的肩膀，回頭一看，是老爸。

「老爸，我的養父……」

「別問，不過……」老爸露出不懷好意的笑容，「等酬勞一到手，帶你去洗泰國浴，別讓麻里發現……」

用生命支付遺產稅

打工偵探

1

這就是所謂的秋雨綿綿嗎？雨時下時停，天空陰陰的，好像老爸打完通宵麻將的沉重眼皮。

這種天氣令人鬱悶。

這種日子，無論夜遊或在家念書都提不起勁。我就讀的都立高中由於舉辦學園祭，從明天起連休三天。這種學園祭參加第二次就無聊了，那些聰明的傢伙一早就開溜，整天泡在麻將館和咖啡店。

只有不成氣候的傢伙才會在學園祭的攤位上把妹，也只有那些後段班的貨色才會輕易上鉤。

基於這樣的緣故，我冴木隆正坐在聖特雷沙公寓二樓「冴木偵探事務所」的桌邊托腮沉思。

三房一廳其中的四坪大空間是老爸冴木涼介的「偵探事務所」，剩下兩個三坪大的房間分別由我們父子倆分享。此刻，老爸應該在那個充滿觀葉植物的淫蕩空間裡沉睡。

他今天早上八點才回來。

一進門，他便忍著呵欠，一臉睡眼惺忪，鬍碴都冒了出來。

「怎麼了？今天蹺課嗎？」

為了掩飾徹夜不歸的窘境，他早就不顧父親的形象，努力裝可愛。

「今天是學園祭，接下來連續放三天假。」

「太好了，那事務所就交給你啦。」

老爸用力打了一個呵欠，抓了抓頭，正打算走進沉睡的世界。我趕緊叫住了他：

「等一下，是輸還是贏？」

「嗯，不輸不贏吧。」

他說這種話的時候，通常都有贏錢。我朝他伸手。

「分紅，還有替你顧店的鐘點費。」

他不情願地從皺巴巴的長褲口袋抓出十四、五張萬圓大鈔。顯然，昨晚大贏了一筆。我這老爸裝糊塗的功力真是令人刮目相看。

他抽出其中一張給我。

「我不會亂花的。」我故意挖苦說道。

「關我屁事，我要去睡了。」

老爸背對著我揮了揮手，倒在床上呼呼大睡了七個多小時。

沒有客人上門，電話響了兩次，都是理專推銷投資。

「喂，請問是冴木涼介先生的府上嗎？」

「對。」

「請問您先生在嗎？」

「不，我是他兒子。」

「原來是少爺，請問令尊在嗎？」

「他在睡覺。」

「他在睡覺喔，請問是身體微恙嗎？」

「他通宵打麻將。」

「喔……，那請問令堂在嗎？」

「不在。」

「她出門了嗎？」

「若說出門的話，應該也算吧。她十五、六年前就出門了，好像沒回來過。」

「……？」

「總之，她應該拋棄我們了，因為我老爸人格破產。」

「呃，我想跟令尊討論股票買賣和投資的事……，那我改天再來打擾……」

然後就無疾而終了。

在這幾個小時之內，我去了「麻呂宇」兩趟，吃飯、喝茶打發時間。「麻呂宇」也門可羅雀。

冷硬派推理的瘋狂愛好者圭子媽媽桑坐在吧檯前，專心讀著達許．漢密特（Samuel Dashiell Hammett）的新出版譯作。廣尾的「吸血鬼伯爵」酒保星野先生，也心無旁騖地玩著他最愛的編織。

我無意久留，早早回到老爸的書桌前，偷了他的寶馬菸。在我家，只要不是當著老爸的面，抽菸喝酒百無禁忌，但偶爾會被他抽一點菸酒稅。

坐在這裡，可以看到窗外淋濕的「麻呂宇」遮雨篷和經常引起誤會的「SAIKI INVESTIGATION」霓虹燈招牌。

老爸似乎還無意起床，照這樣下去，他可能一覺睡到半夜。事到如今，我也不會對他的社會適應不良症感到驚訝了。

我吐出的煙從稍微打開的窗縫爬向潮濕的天空，被雨水淋得濕透。

聖特雷沙公寓前的小路一直通往廣尾的十字路口，有一輛很大的美國車駛了進來。這輛禮車的車身特別長，後座的窗玻璃貼上漆黑的隔熱紙，完全看不到裡面。

車牌是白色的，看來有專用司機。這個世界上到底是怎樣的人擁有這種車？禮車的龐大車體緩緩駛來，在聖特雷沙公寓的「麻呂宇」店門前停了下來。左鄰右舍應該沒有開這種車的有錢人。

捲門書桌上的電話響了。

「你好，這裡是冴木偵探事務所。」

我們商量過，在接聽電話時，要把聲音降低兩個八度。

「呃，我第一次打到貴事務所，有事想委託你們調查，我可以上門拜訪嗎？」

電話彼端傳來沙啞而成熟的女聲，如果是老爸，一定會色心大發。

「沒問題，那就恭候您的光臨。」

我答道。在工作場合，老爸總是謊稱自己單身。因為媽媽桑圭子再三強調，偵探最好不要有家累。

「那我馬上過去。」

她的尾音有點低沉。即使我不是那個色胚老爸，也不免對聲音的主人感到好奇。

得趕快叫老爸起床。我剛起身，看到樓下的禮車打開車門，一名戴帽子、穿制服的司機先下車，打開雨傘，伸向後座車門。

我從雨傘的縫隙間看到一雙穿著黑絲襪的美腿伸向車外。雙腿併攏，姿勢優雅地下了車。

一張白皙的瓜子臉不經意地抬頭向我望了一下。這名三十出頭的少婦一身黑色洋裝，十分美豔性感。

不會吧——我看到禮車後方豎著一根汽車電話的天線。

不能悠閒地繼續欣賞了。因為幾個星期以來的第一個委託人在事務所樓下打電話。

我踢了踢老爸臥室的門。

「爸，生意上門了！」

裡面沒回應。我開門，發現用毛毯裹著頭的老爸正在搔抓露出的屁股。

「委託人來了！」

「好睏……，你幫我應付一下……」

「人家坐禮車來，還僱了司機，是有錢人。」

「不行，我起不來，明天再說……」

他口齒不清地答道，我只能使出殺手鐧。

「是個大美女喔。」

「嗯？」

毛毯拉了下來，老爸睜開一隻眼。

「現在上樓了，年約三十二、三歲，穿著黑色喪服，應該是老公剛死。」

「此話當真？」老爸呻吟道。

「你自己去看。不過，記得先換衣服。」

老爸穿著T恤、四角褲，褲襠部位還搭起了帳篷。

走廊上傳來一陣腳步聲，高跟鞋的叩叩聲，一聽就知道是她。

老爸張開雙眼。

「隆，咖啡。在我出去以前，你先撐一下。」

「了解。」

在我關上房門的同時，門鈴響了。我煮了咖啡，跑向玄關。

「來了……」

一開門，發現剛才看到的那名少婦站在門口，個子高挑，前凸後翹，身材玲瓏有致，晶瑩剔透的白皙臉蛋，點綴著櫻桃小口，唇邊還有一顆誘人的痣。

十七歲的我對於比我大十歲以上的少婦有感覺，或許有點變態吧。我暗自這麼想，但還是故作鎮定地說：「您是剛才打電話來的那位吧？所長正在裡面整理資料，馬上就出來了。」

「夫人……」

少婦身後站著一個穿著深藍色西裝的龐然大物。他的長相很滑稽，體型好像大猩猩。我看到他淋濕的左肩，知道他是剛才撐傘的司機。

司機一臉狐疑地朝事務所內張望。他不喜歡這裡，但他腦容量不足，說不出到底哪裡不喜歡。

「黑墨，沒事了，你去車上等。」

少婦說道，朝我嫣然一笑。

「我太早來了。」

「請進。」

我朝猩猩臉笑了笑，那張為了少婦不惜奉獻生命的臉露出不滿的表情。

我讓少婦進門後，在猩猩臉的鼻尖前關上了門。請少婦在沙發上坐下，這才發現原本就寒酸的事務所，因為她的來訪顯得更窮酸了。

我把精心泡好的法式烘焙咖啡端到少婦面前。她喝了一口說：

「真好喝，你很會泡咖啡。」

「這是我的七大特技之一。」

「是嗎……」

少婦再度嫣然一笑。

我很想把剩下的六大特技告訴妳，但這裡有點不方便……。我忍住想要這麼說的衝動，露出羞澀的笑容當作回答。

「你父親在忙嗎？」

「不，他不是我爸，我只是助理。」

目前還無法預測她對老爸會有什麼印象，所以，我不想讓她知道那個人格破產的傢伙是我家人。

「是調查方面的助理。」

我故意一邊整理桌子一邊說道。言下之意，就是想告訴她，案子大部分都是我搞定的。只要觀察一下，誰比較可靠即可一目了然。

「喔，讓妳久等了。」

老爸穿著他唯一一件Nino Cerruti現身了。如果我沒猜錯，他應該從窺視孔中判斷委託人是上等貨，所以在衣著方面也努力配合。

「我正在處理一些來不及整理的資料……」

所謂來不及整理的資料就是刷牙、刮鬍子，還有梳理亂翹一通的頭髮吧。我在心裡嘀咕道。我把咖啡倒進咖啡杯，遞給裝模作樣靠在桌旁的老爸。

「辛苦了，你去資料室待命吧。」

老爸清了清嗓子看著我，我連看都不看他一眼，向少婦行了一禮。

回到房間，我把對講機放在耳邊。

「那就請妳談談吧。」

老爸說著，似乎在四周尋找什麼。我露出一絲冷笑，從胸前口袋裡掏出一盒寶馬菸。他要找的東西在這裡。

我拿出一根點著了火。

「我叫鶴見英子，我先生一個星期前剛過世，我目前正在服喪。」

「請節哀順變。」

老爸說道，他似乎已經放棄找菸。

「我先生和我沒有孩子，他去世前，剛過了第七十二次生日……」

七十二歲的老爺爺和這麼性感的少婦一起生活，怎麼可能長命嘛?!

她的語氣似乎在說，這你應該懂吧。我替老爸吹了一聲口哨。

「不久之前，我還以為我是他唯一的眷屬，沒想到……」

這種事不必大驚小怪，嗯，嗯。

「我先生有個女兒。他在遺書上寫著，那個女兒今年十七歲了。」

「妳之前不知道吧！」

「對，我們的年齡雖然有一段差距，但我們相親相愛……。所以，我猜我先生也難以啟齒。」

氣氛開始變得詭異。這女人居然可以面不改色地說「相親相愛」這種字眼。

「我想請教一個很失禮的問題，夫人是您先生的……」

「第二任太太，第一任沒生孩子，二十年前就死了。」

「你們什麼時候結婚的？」

「兩年前。」

「知道了，請繼續。」

「好。雖然我們在一起只有兩年，但我先生很疼我，還把一半財產留給我。」

「這麼說，另一半是留給他女兒……」

「對。我覺得這樣已經夠了，我先生的遺產總共有將近十億。」

「十億！」

「這只是粗略的計算，或許更多一點。」

「真是不小的金額，所以那位小姐……」

「我就是為這件事上門的。不瞞你說，我完全不知道那孩子目前在哪裡？在做什麼？」

「所以，妳要我去找那位小姐……？」

「對。」

「了解了，我接受妳的委託。」

「我把遺書的影本也帶來了，希望派得上用場。」

「太好了！對了，還想請教一個問題，請問妳先生以前是做什麼的？」

「他開了一家鶴見徵信社，算是你的同行。」

「鶴見徵信社！這麼說，妳先生叫……」

「他叫鶴見康吉。」

「！」

我明顯感受到老爸的驚訝。

2

鶴見夫人離開後，我走出房間。老爸難得愁眉不展，雙手交抱胸前。

「老爸，怎麼了？」

我把寶馬菸丟了過去，他單手接住，默默地抽出一根。原以為他會抱怨我把菸藏起來，沒想到他安靜得令我有點失望。

「原來是鶴見康吉……」

老爸喃喃說道。

「你認識委託人的老公嗎？」

「聽過他名字。」

「人家留下十億遺產，雖然說你們是同行，但簡直是天壤之別嘛！」

老爸搖搖頭，撣了撣菸灰。

「鶴見康吉被稱為戰後最大的勒索專家。」

「勒索專家？」

「他徹底調查政商界所有大人物的把柄。沒人知道這個老傢伙到底是透過什麼方式查到的。但無論誰在哪裡養了小老婆、生了幾個孩子、家世背景有沒有造假，或用什麼手法隱匿所得，這些把柄都會落入他手中。關於他調查這些事的手法，業界盛傳『只要拜託鶴見幫忙，一定會被他抓到小辮子』。」

老爸曾自稱是「商社職員」、「石油商」、「跑單幫」，甚至「諜報員」，為了掩飾自己不可告人的經歷。我對他在代表社會陰暗面那個世界的人面之廣，絲毫不會感到驚訝。

「勒索專家一旦翹辮子，就跟一般人沒什麼兩樣。」

「是喔！那個老傢伙應該不是被幹掉的。」

「為什麼？勒索專家應該有很多仇人吧。」

「他確實樹敵不少，不過大家更怕他。據說，鶴見康吉從來不會要求超過行情的金額，對於被勒索的人來說，雖然心有不甘，但不是無力支付的金額，只要稍微張羅一下還是籌得到。與其捨不得花這筆錢，最後導致身敗名裂，還不如花錢消災。而且，他信守合約，絕對不會背叛付錢的人。」

「既然這樣，為什麼要怕他？」

老爸嘆了一口氣，顯然把我當成小孩子。

「聽好了，對於勒索專家來說，手上的把柄就是他的財產。所以，不可能透露給別人。像你這種頭腦簡單的人，一旦被勒索，就會想幹掉對方吧？他為了避免這種事發生，必須把這些把柄牢牢握在手上，要讓對方知道，萬一沒有成功地把他幹掉，對方就會名譽掃地。事實上，想殺他卻沒有成功，反而搞得自己臭名遠播的人不在少數。況且，即使成功幹掉他，也無法保證這些醜聞不會以某種形式曝光。所有被勒索的人都有這種恐懼，如果這些人形成某個團體，發現有人想暗算那個老傢伙，一定會搶先把那個人幹掉吧。了解嗎？」

「當然了解，既然那顆老鼠屎會壞了一鍋粥，那就……，是這個意思吧！」

「不笨嘛。」

我氣鼓鼓地坐在老爸面前。

「現在老傢伙死了，那些被勒索的人呢？」

「他才死了一個星期，手上龐大的資料在哪裡？是消失了？還是交給別人？那些人應該正在靜觀其變吧！」

「如果是被幹掉的，這些資料早就曝光了。」

「報紙和週刊雜誌老早就連日報導政治人物和財界大老的醜聞了。」

「沒錯。」

我和老爸紛紛交抱著雙臂，面對面聊著。

「那個少婦並不是只有性感。」

「她是狐狸精，即使我發現她老公的來歷，她還是不動聲色地離開。」

「總之，工作歸工作。老爸，你還是去找那個女孩的下落吧！」

「十七歲，跟你同年紀，就是五億遺產的繼承人。要是你也有一些無依無靠的有錢叔叔阿姨就好了。」

「這話真不負責任，你以為我喜歡當你兒子啊?!」

聽我這麼說，老爸很不自然地伸了一個懶腰。

「啊——，我睏了。我看這份遺書，這次的工作應該不難。小鬼的事，當然要小鬼出馬。這次的工作就交給你了。順利的話，搞不好她覺得你這孩子很能幹，叫你當她的小狼狗。」

身為人父竟然說這種話，真讓人欲哭無淚啊。我伸出右手。

「幹嘛？」

「不能依靠父母的可憐兒子，在這個世界上，只能相信一樣東西。」

「你整天搜刮我，等我死了以後，你一毛錢都拿不到。」

「開什麼玩笑，我很清楚，敬愛的父親大人的信條是『不為兒孫留美田』……」

繼早上之後，又騙到了一張萬圓大鈔，我拿起愛車NS400R的鑰匙。

鶴見康吉老人在遺書上提的那個「幸運」女孩名叫康子，是以「康吉」的其中一個字命名的。

她母親名叫向井直子，十八年前在銀座的酒店上班。鶴見康吉在第一任妻子死後，遇到現任太太之前，因為有向井直子的陪伴，一直保持單身。

老傢伙讓向井直子開了一家店，和她簽下情婦合約。合約十年到期，他們生了一個女兒。

根據鶴見在遺書上所寫的內容，向井直子在合約到期後並沒有糾纏，也表示會獨力把孩子養大，請鶴見不必擔心之後的事。對於一個母親來說，也許她不想讓自己的孩子成為勒索專家的女兒，度過坎坷的人生吧。身為高中生的我，有這種想法會不會太早熟了點？

總之，遺書上寫著那個老傢伙買給她的那家店的地址和店名。我騎上NS400R，飆向傍晚的銀座。

我在七丁目的派出所問路時，警察一臉訝異，但還是告訴了我。

那家酒吧所在的大樓還在，那家店卻已不復存在。我跑到附近的房屋仲介公司打聽，向井直子到底是賣了那家店，還是租給別人。

我的同班同學轉學後失去聯絡，我正在找她，但只知道她母親在銀座開店——我編出這樣的故事，再加上我可是有學生證的高中生，仲介公司的老兄很認真地協助我。

我四處查訪附近的仲介公司，到了第三家，終於查到買下那家酒吧的公司。酒吧在八年前出售，與向井直子及鶴見康吉結束關係的時間吻合。一家總部設在四谷、名為「天野物產」的公司買下了那家店。

我記下天野物產的地址，再轉往四谷。剛好遇到下班時間，再加上下雨，都心區塞車很嚴重，不過我騎車，並未受到影響。

下午五點十分，我抵達四谷的天野物產大樓。如果在這裡查得到向井直子母女目前的地址，就能在半天之內完成調查，然後我會賺到一萬圓，調查費也可以輕鬆入老爸的口袋，這樣會不會遭到天譴？

天野物產大樓是一棟面向外苑大道的八層樓褐色建築，一樓是一家感覺很清爽的咖啡店，從招牌來看，這棟大樓裡還有「天野實業」、「天野經紀公司」和「天天事務所」等關係企業。

我把機車停妥，帶著輕鬆的心情搭電梯上樓。

二樓和三樓是天野物產的總公司，我坐到二樓，走向電梯大廳前的櫃檯。一名身穿深藍色制服的小姐接待我，她背後那塊屏風後面的電話響個不停，或許時間已晚，公司裡沒有其他人。我有點搞不清楚這家公司到底是幹什麼的。

我向櫃檯小姐說出事先準備的說詞，她把我帶到屏風另一側的小房間內，表示負責的人很快就過來。

只有一坪大的小房間裡擺著廉價沙發，茶几上放著菸灰缸。那就先來抽一根吧。我內心湧起這個念頭，但想到剛剛才表明自己是高中生的身分，當然不能在這裡公然噴雲吐霧。

「你好……」

等了大約五分鐘，門開了，一個體型壯碩的男人走了進來。

一身黑西裝配紅領帶，燙了一頭小鬈髮。雖然稱不上是黑道兄弟的標準裝扮，但已經有那種味道了。

「聽說你在找我們公司的前任老闆娘？」

他的態度盛氣凌人，好像沒把我放在眼裡。我煞有其事地說：

「對，那家店是我同學的媽媽開的。」

「是喔！你是高中生？」

「對，都立K高中。」

「有學生證嗎？」

我就等他這句話。「有！」我回答後，把學生證交給他，他用警察檢查駕照的眼神看了半天，還給我的時候，還語帶試探地問：

「你要問的是『瑪德蓮』的老闆娘嗎？」

「不，我記得那家店是取她老媽的名字，有個『直』字。」

「喔，原來是『直』。」

他明知故問，可見得不好對付。

「所以，『直』的媽媽桑的千金是你同學喔！」

我隻字未提「同學」是女生。這表示他認識這對母女。

「對，跟我一樣讀高二，她叫康子。」

「是喔。」他不懷好意地笑了笑，「所以，你想打聽她的下落？」

我故作可愛地點點頭。阿隆今天完全走純情路線！

「嗯，做我們這一行的，原則上不能透露客人的地址和聯絡方式，不過，你還是高中生……」

「你能幫忙嗎？」

「我現在沒辦法馬上告訴你，因為公司有很多案子，我不可能記住所有交易對象的地址。我幫你查一下吧，你可以留下電話嗎？最晚明天通知你。」

「那樣的話，我明天再來……」

我試著這麼回答。

「不用，不用，我決定相信你。」

他又不懷好意地笑了笑。我總不能說，雖然你相信我，但我不相信你。而且，猶豫太久反而會引起懷疑，於是，我報上了事務所以外的另一支電話。

「好，冴木同學。」

他在記事本上寫好後，打量著我，彷彿在說，我會記住你的。

「呃，可以請教你的名字嗎？」

「我嗎？我姓三木，是天野物產的客服。做這一行，並不是每個客人都像你這樣，各種牛鬼蛇神都會上門……」

我以一副「喔？我這種缺乏社會經驗的高中生搞不懂」的表情點點頭，三木一副了然於心的模樣，哈哈大笑。

我走出天野物產，戴上全罩式安全帽、騎上車之後，才哇哈哈地放聲大笑。等三木和我聯絡，事情就搞定了。

我有權利向老爸要求額外獎金。我滿臉笑意地飆車回家。

回到聖特雷沙公寓時，天色已暗。我先回到二樓，決定向老爸報告情況，但事務所空無一人。這個狼心狗肺的老爸，把工作推給了乖兒子，自己又跑去打麻將了。

這傢伙頭腦太簡單了，以為贏了一次，就可以天天贏。我很擔心他會輸得連屁股毛都不剩，那我的額外獎金恐怕也沒著落了，但已經來不及阻止了。無奈之餘，我只好下樓去「麻呂宇」。

由於正值晚餐時段，「麻呂宇」開始出現人潮，我坐在吧檯，把星野先生親手做的漢堡排義大利麵吃得一乾二淨。

「星野先生，有看到我老爸嗎？」

身上流著白俄羅斯血液，如同克里斯多佛．李般貴族風貌的星野先生，一如往常面無表情地告訴我：

「你離開後不久，他就出門了。」

「爛人，我要打兒福局一一〇檢舉他。」

我小聲嘀咕，正與女大生熱烈討論秋季時尚的媽媽桑圭子轉過頭。這個房東除了特別喜歡穿著與自己年齡不符的服裝這一點，其餘好得沒話說。

「涼介好帥，那套西裝應該是Nino Cerruti的吧，顏色真漂亮。」

這麼說，他不是去打麻將。我家的衣櫥裡可沒那麼多貨色，他不可能穿著唯一像樣的衣服去打麻將。

老爸到底去了哪裡？他勸兒子去當小狼狗，搞不好也覺得自己有機會吃軟飯吧。比起打麻將賺錢，這種方法更可靠。姑且不談性格，涼介老爸也算一表人才，如果女人偏愛留鬍子的高大男人，或許會迷上他。他才三十九歲，即使梅開二度，我這個做兒子的也不會有意見。不過，到時候要做好被趕出聖特雷沙公寓的心理準備。

在這裡胡思亂想也沒用，我說了聲「吃飽了」，就走出「麻呂宇」。我們父子倆有默然的協議，除了一件事以外，都會尊重彼此的主權，互不干涉。唯一的例外，就是我的家教麻里姊。

無論如何，都不能讓好色老爸碰她。

我沿著「麻呂宇」後方的樓梯上樓，打開事務所的門。剛才下樓時，我沒上鎖，原本開著的燈關了。

「這麼早就回來了？」

我一邊說，一邊走了進去，突然間，腎臟的部位遭到重擊，我痛得忍不住慘叫一聲跪倒在地，臉又被用力踹了一腳。

有人立刻關門，鎖上了，百葉窗放了下來，室內一片漆黑。

對方並非一個人。

我還來不及擦拭噴出的鼻血，就被揪住頭髮，臉朝上地被拉了起來。

「喂……」

喉嚨挨了一記手刀，我忍不住咳嗽。

「喂，你給我聽好了。」

又是一拳打在我胸口，我的雙手被反剪在背後。

「你愛怎麼胡說八道是你家的事，不過，」我的胸口又挨了一拳，害我差點嘔吐，

「不許再找向井直子的女兒，聽懂了沒?!」

說完，又是反手一拳打在臉上，我的嘴唇破了。

「別搞出一些莫名其妙的花招，如果想賺零用錢……」

又揮過來一拳，我有一顆臼齒被打斷了。

「就去勒索那些國中生，聽懂了沒……？」

胸口又挨了兩拳，那是兩記重重的近距離推擊。

「聽懂了沒？聽懂了吧？」

對方接二連三地甩我耳光。

「聽懂了吧！」

又是一記上擊拳。對著靜止不動的對手揮拳，根本是輕而易舉。這種花拳繡腿，想要封鎖也不費吹灰之力嘛。

3

「看來他被好好關照過了，喂，聽得到嗎……？」

「阿隆，阿隆……」

「快死了，好想吐。」

「喂，振作點！」

我張開眼睛，同時看到麻里姊和老爸。他們倆的臉孔重疊，好像抱在一起。我立刻閉上眼說：

「老爸，你太卑鄙了，跟麻里姊去約會嗎？」

「誰跟涼介約會了？我在附近喝酒，想過來這裡醒醒酒，今天喝了不少……」

「隆，沒問題嗎？」

「怎麼可能沒問題？腎臟被揍了一拳，喉嚨挨了一記，胸口被捶了四下，下巴又被狠狠打了一下。對方的拳頭真硬，一定練過拳擊，知道該打哪裡。」

「你不是也練過嗎？喂，張開眼睛！」

老爸硬是掰開我的眼睛，用檯燈照著我。

「幹嘛？太刺眼了。」

「嗯，看來腦袋沒問題，瞳孔也沒放大。」

「啊——啊……」

我坐了起來，頓時後悔不已。有兩大原因。第一，我感到頭暈目眩，差點吐出來。另一個原因，就是我剛才躺在麻里姊滑溜溜的大腿上。

「誰幹的？」

我爬上沙發，老爸鬆開領帶問道。

「等一下，我先問一下，是誰發現的？」

「我。」

麻里姊拍著大腿起身說道。

「我剛才也說了，我跟朋友在附近的法國餐廳聚餐，喝了太多紅酒，所以想來找你們聊天醒醒酒再回家。沒想到你被海扁，差點掛掉，我只好留下來照顧，不一會兒，涼介就回來了。」

麻里姊夾雜著讓人想起她曾經是飆車族的黑話解釋道。

「謝啦，這件雪紡紗洋裝很好看。對了，那時候是幾點？」

「嗯，差不多九點吧。」

我昏迷了兩個小時。

「我……，這些傢伙……」

「發生了什麼事？」

「這就是替你努力工作的下場，是四谷天野物產那個叫三木的指使的。」

我躺著把今天發生的事告訴他們。在我說話時，麻里姊用濕毛巾時而幫我擦臉，時而替我冰敷。

真是因禍得福啊！

「他是不是叫你別找向井直子的女兒？」

「是啊！三木那傢伙一定在裝傻，他好像對有人在打聽向井康子很不滿……，我覺得啦！」

老爸坐在桌上，叼了一根寶馬，點了火，抽了一口，送到正無力搖手的我的嘴裡。

「送你一支，算是被打的代價。」

「這支菸真貴。」

麻里姊呵呵笑道。

「老爸，你去哪裡？」

「我去查了一下鶴見康吉那些金主的動向。」

「情況怎麼樣？」

「每個人都疑神疑鬼的，不知道鶴見這個老傢伙是不是把他們的祕密統統帶進了棺材。」

「不知道跟攻擊阿隆的那些人有沒有關係？」

在我昏迷時，已經從老爸口中得知這次委託內容的麻里姊問道。

「不知道。可能有關，也可能無關。唯一確定的是，鶴見那老傢伙死了，之前被勒索的那些人簽定的安全保障條約就無效了。」

「老爸，你找到的金主是什麼人？」

「你很快就知道了。」老爸得意地笑了笑，「只要我們持續調查鶴見遺孀委託的案子，那些人就會像蝗蟲一樣聚集而來。」

姑且不論鶴見老頭可能留下的資料，昨晚那些傢伙在我身上留下的瘀傷可不能就這麼算了。我冴木隆不是忘恩負義之輩，不可能欠債不還。

翌日，老爸一大早又出門了，我騎上NS400R直奔四谷。

我忘了問天野物產的三井，那就是向井母女的地址。

我去咖啡店、坐在護欄上打發時間。中午過後，三木終於現身，他開著一輛白色皇冠而來。

我又等了很久，下午四點多，三木走出天野物產大樓，坐上了皇冠。

今天，我穿了一套連身皮衣褲，戴上全罩式安全帽，即使緊跟在三木的車後，也不怕被他發現。

皇冠沿著外苑東大道向北直行，穿越牛込柳町，來到目白大道。左轉後經過學習院，繼續往前行駛，不久便右轉，四周是閑靜的住宅區，皇冠停在其中一條小巷內。

那棟公寓不大，但顯然花了不少錢。

我經過那條小巷後停車，目送三木走進那棟公寓。等了一分鐘，我也走了進去。貼了磁磚的大廳右側有一排信箱，左側是電梯大廳。

電梯停在三樓。

我檢查三樓的信箱，發現了「三〇二 向井」的名牌。很想對他說，活該！這麼快就帶我來這裡，實在感恩不盡啊！

我正在考慮該怎麼辦，電梯從三樓下至大廳了。

我四處張望，幸好大廳裡沒人。我的靴子裡藏著一把扳手，用這把扳手敲三木的頭應該是個好主意。

我趕緊戴上安全帽，以防被目擊者看到。

然後，把握著扳手的手藏到背後，等待電梯門打開。

門打開了，我一看電梯，把差點舉起的手縮了回去。電梯裡有四個人，三木站在中間，其他三個是貨真價實、如假包換的黑道兄弟。

「……下，我真的……」

「閉嘴！」

臉色發白的三木話還沒說完，帶頭的兄弟大聲喝斥他。那幾個人看起來氣勢洶洶，絕對不是街頭小混混。

尤其帶頭的那個傢伙，四十出頭，臉型瘦長，可怕的眼神令人不寒而慄。他盯著戴安全帽的我，看了很久。今天只是來確認情況的。我暗自告訴自己，然後若無其事地走進電梯。

三木嚇得屁滾尿流，對方似乎在這裡埋伏，不由分說地堵到他。到底是怎麼回事？

我按了二樓的按鈕，電梯門關上了。

在二樓步出電梯，爬樓梯來到三樓。我站在三〇二室前面。

我拿下安全帽，摁了門鈴。

無人應答。

我轉動門把，發現門沒鎖。打開一看，眼前的景象令我瞠目結舌。

室內亂成一團，簡直就像颱風過境或遭到龍捲風襲擊，甚至是經歷了上下搖晃的大地震。

地毯、榻榻米被掀了起來，沙發和床墊都被割開了。

衣櫥、書桌裡的東西都被扔了出來。屋裡沒人，完全沒動靜。

我拿著扳手，非法闖入民宅。兩房一廳的空間布置得相當豪華，向井母女在生活上絕對不虞匱乏。

裡面有三坪大的房間，同樣被翻得慘不忍睹，我看到了我要找的東西。那是一套吊在衣架上的女子高中制服。不是我自誇，只要是東京二十三區的女子高中制服，我一眼就能認出是哪所學校。

我把扳手放回靴子，離開向井母女的家。雖然有點懊悔無法對三木還以顏色，不過，真正的黑道兄弟會好好伺候他，替我報仇。

回到聖特雷沙公寓，麻里姊在事務所等候。

「咦？妳怎麼會來？」

「你說什麼，今天是星期五。」

麻里姊穿著牛仔褲和一件寬鬆毛衣，胸前依然雄偉。那個上了年紀的少婦還是交給老爸處理，我專心對付眼前這個就好。

「對喔，今天要上課。」

星期五是家教麻里姊來上班的日子。

「你的傷怎麼樣？」

「在大姊姊溫柔的照顧下……」

說著，我從靴子裡拿出扳手，拉開連身皮衣褲的拉鍊。

「阿隆，這是幹嘛？」

「我本來想去還昨天的禮。」我聳聳肩，「詳細情況等老爸回來再說。」

「我來了以後，接到好幾通電話，都是找涼介的。」

「討債的嗎？」

「不是，他們沒報上姓名，但問了好幾次涼介什麼時候回來，才掛斷電話。」

「這些人真沒禮貌。」

麻里姊點點頭，點了一支涼菸。我推開自己的房門，

「我要換衣服了，但渾身是傷，妳願意幫忙嗎？」

「別趁機撒嬌。」

百圓打火機飛了過來。

三十分鐘後，老爸才回來。不知吹的是什麼風，他今天也打領帶。每天都這樣盛裝打扮，「麻呂宇」的媽媽桑可能會起疑吧。

我們三人一起吃著麻里姊煮的咖哩，我向他們說明了大致的情況。

「總之，那些多事的傢伙也進來攪和了，難道是貪圖鶴見老頭的遺產嗎？」

「關鍵的向井母女在哪裡？」

「應該躲起來了吧。」

老爸說道。

「關於這個問題，還有其他管道可以調查。」我說道。

「她們家掛著向井康子的高中制服，是J學園的水手服。」

「J！」

麻里姊正在替我添飯，大聲驚叫。

「她怎麼念那種學校？念那所學校的，不是太妹就是藝人。」

「既然麻里也這麼說，可見得康子是狠角色。」

「還要再來一碗嗎？」

「不用了。」

「他們把三木帶走，應該是想逼問那對母女的下落。」

「五億耶！」

「不……」老爸搖搖頭，「對於在找那對母女的那些傢伙來說，只是小錢。」

「他們到底有什麼目的？」

「這就是我們接下來要調查的事，隆，轉過來。」

老爸目不轉睛地打量我，還把我剛換好的T恤拉起來，觀察我的肚子。

「過了一天，顏色也變得很漂亮。」

「好一段時間沒辦法跟女生袒裎相見了。」

我嘆氣說道。臉上和背上的瘀青真是慘不忍睹。

「你想幹嗎？」

「去勒索那個勒索專家的遺孀，怎麼樣？」

老爸不懷好意地笑了。

4

我們坐上老爸的休旅車前往成城，很難相信這輛老爺車還能在路上奔跑。老爸對麻里姊說，今天停課一天，請她先回去。

鶴見康吉老頭住的地方不大，卻是一棟美侖美奐的雙層樓建築。比起周遭的豪宅算不上雄偉，不過占地也將近兩百坪。高聳的圍牆和牆緣的刺網鐵絲，散發出一股戒備森嚴的味道。

我們透過對講機自報姓名後，那個長相滑稽、名叫黑墨的大猩猩打開厚實的大門走了出來。他似乎是住在這裡的司機兼保鑣。

「這裡。」

他擺著一張臭臉替我們帶路。老爸規定我穿polo衫罩夾克，一身清爽打扮。

他帶我們到一樓客廳，天花板中央飾有巨型水晶燈，前方是酒吧，那些陶瓷擺設應該砸下了大筆錢。鶴見老頭留下的遺產可能遠超過十億。

「夫人馬上下來，你們在這裡等，別去庭院，那裡養了兩隻德國狼犬。」

大猩猩盛氣凌人地說完後，便離開了現場。

「好可怕，會不會拿我們當晚餐？」

「別擔心，牠們的食物比我們可口多了。」

老爸坐在很氣派的皮沙發上，蹺起二郎腿。

「隆，你要盡量裝出痛苦的表情。」

我覺得自己好像是以前的金光黨。

「讓你們久等了。」

鶴見夫人穿著針織洋裝現身了，洋裝的材質清楚地勾勒出她的身材曲線。聽說她在家裡不穿內衣褲。看到她那對豐滿的胸部，我又在心裡背叛了麻里姊。

而且，不知她是不是剛洗過澡，渾身香噴噴的。

「哎喲，黑墨怎麼沒請客人喝飲料。」

夫人露出嫵媚的笑容，走向吧檯。

「冴木先生，你要喝什麼？白蘭地？蘇格蘭威士忌？」

「不，我開車……」

我正暗自欣賞老爸偶爾也有這麼酷的時候，卻聽到他說：

「那我喝啤酒吧。」

「那弟弟呢？」

「請叫我隆。那，我和所長喝一樣的。」

「啊喲，小大人喔。」

亡夫剛過頭七的寡婦可以這麼性感撩人嗎？

夫人親自拿了百威啤酒過來，在我們對面坐下。

「那我喝白蘭地，乾杯！」

說著，她蹺起腿，裙下春光令人心馳神蕩，我終於了解那個大猩猩的心情了。

「調查工作進行得怎麼樣？」

「這個嘛，」老爸把只喝了一小口的酒杯放在桌上，轉頭看著我，「隆，你讓夫人看一下。」

「好。」

我嘟囔了一句「不好意思」，脫下外套，捲起襯衫袖子。

「哎喲……」

身上的瘀青有紅有紫有青，還滿像一回事。

「啊，好痛、痛……」

我故意咬緊牙關。

「這是怎麼回事？」

夫人輪流看著我和老爸，老爸清了清嗓子。

「我們這種工作，有時候的確會遇到危險。我本來以為這次的案子沒有太大危險，就找助理過來幫忙。結果，他昨晚回到事務所，就被幾名暴徒襲擊了。」

「為什麼──」

夫人睜大了眼，那眉頭輕蹙的表情怎麼這麼勾魂？

「似乎有人阻止我們找康子小姐。」

「是喔……」

「還有另一票人千方百計想找她。這兩派人馬都不好惹。」

「為什麼？想要我先生的遺產嗎？」

「應該吧……」老爸說著，正視著夫人，「有一件事想請教妳。」

「什麼事？」

「關於妳先生的遺產內容。」

「這棟房子，還有一些畫，現金和股票，我之前已經說過了，大約十億左右。」

「不，不是。」老爸搖搖頭，「我問的不是留給妳的財產，而是妳先生留下來的財產。」

夫人輕輕吸了一口氣，眼珠子骨碌碌地轉著。

「……」

「妳應該知道，比起鶴見先生真正的遺產，這棟房子的十億根本是九牛一毛。正因為這樣，妳才想找妳先生的女兒，其他人基於相同的目的也在找她。我沒說錯吧！」

夫人直視著老爸的眼，然後，突然大笑了起來。她仰起白皙的脖子，抖動著肩膀哈哈大笑。

「太好了，太好了，冴木先生，沒想到你這麼聰明。」

「妳太抬舉我了。」

「我選錯人了？還是選對人？」

夫人微微偏著頭，注視著老爸的眼眸深處說道。

「應該是選對人吧。」

「那就好。冴木先生，要不要和我聯手？」

「我今天來，正是為了這件事。」

「好，那新的合約也成交囉。」

「請妳把知道的事都告訴我。」

「好！我之所以委託你找我先生的女兒，是因為還有另一份遺書。」

「哦？」

「那是留給他女兒康子的，我先生在上面寫著，要把所有的財產都送給康子。」

「原來如此，妳看過那份遺書了。」

「不過，遺書上並沒寫那些東西到底放在哪裡，只寫著『康子，妳應該知道。要怎麼用是妳的自由，爸爸送給妳了！』。我為那個老頭奉獻了整整兩年，他什麼都沒留給我……」

夫人立刻變臉，憤怒地說道。

「但妳至少拿到了五億。」

「這點小錢算什麼，鶴見真正的財產遠遠不止這些，足以影響整個日本。」

「妳是指鶴見徵信社的資料嗎？」

「對啊，不知道那老頭藏到哪裡去了，只告訴他女兒。開什麼玩笑，交給一個十七歲小鬼幹嘛？她根本不知道怎麼用。那是我的，無論如何都要找到，那是我的權利……」

夫人喝了一口白蘭地，不顧我也在場，開始對涼介老爸展開攻勢。

「你和我聯手吧，我們就可以掌握天下。找出那個小妞，把老頭的資料拿到手，沒問題吧？」

夫人的手指在老爸的背上和大腿摸來摸去。

「要不要商量一下？我今天一整晚都有空。」

簡直就在色誘嘛。實在看不下去了，明眼人都知道，老爸早就蠢蠢欲動了。

這也不能怪他，就連一旁的我也忍不住心癢。

「今天助理也在。」

「你真壞，叫黑墨送他回去就好了嘛。」

老爸瞥了我一眼。真受不了他，不管他心裡是怎麼想的，我還是對他擠眉弄眼表達我的態度，但是……

「今天就先這樣吧，目前還不知道會不會有其他人。夫人的建議讓我很心動，但要先保住性命，才有福消受啊！」

老爸居然拒絕了夫人的色誘。他站起來，對著正以哀怨眼神仰望著他的夫人說：

「委託歸委託，我會把康子找出來，之後我們再詳談。」

夫人也迅速打起精神說：

「好吧，請你務必找到她。至於謝禮嘛，不管你要什麼，我都答應……」

「我會記住的。隆，走囉！」

走出那棟豪宅，我對老爸說：

「不錯嘛！讓我刮目相看喔。」

「笨蛋！色誘是最初步的陷阱，之後的新招術會層出不窮。」

「新招術？」

我們坐上休旅車，立刻驅車離開。

「對了，你說康子讀的那所學校是J學園，你有管道嗎？」

「包在我身上。」

「我就說吧，」老爸笑著說，「小鬼的事，果然要小鬼搞定。」

翌日中午，我前往代代木的J學園。以前，我曾與一個叫理惠的女孩短暫交往過，她就是J學園的。她告訴我，有家咖啡店是J學園放牛班學生聚集的場所。

這家咖啡店取了一個大膽前衛的店名「公雞」，位於靠近小田急線鐵路旁的角落，無論外觀或內部裝潢都乏善可陳，對於經常出入的J學園學生來說，這裡卻是方便換裝、抽菸的好去處。

我十二點多來到「公雞」。今天是星期六，中午放學後，那些學生應該會來。不出所料，咖啡店周圍停放著好像裝了標槍、穿上裙子的Mark II和Skyline 2000G。當然，那些都是J學園學生的男友的車。

我把機車停在門口，走進了「公雞」。裡面已經有兩、三人正在等候各自的女友，這些人都梳著飛機頭，一身皮衣裝扮，一點創意也沒有。

兩個制服女孩拿著粉盒專心化妝。

這家店只有J學園的學生及其友人出沒，每所高中附近都有一、兩家這種不會干涉學生抽菸、喝酒，深得學生青睞的咖啡店。

所以，只要有這個圈子以外的人踏進店裡，就會格外引人注意。不出所料，我才在裡面的包廂坐下，吧檯的幾個老兄就惡狠狠地瞪我。

我點了咖啡，向正在全神貫注化妝的女孩搭訕。

「喂，喂……」

女生A停下描眼線的手看著我。如果她的眼光沒問題，應該會感受到我的魅力。

「妳認識康子嗎？」

「康子？姓什麼？」

「向井。」

哐噹一聲。吧檯的那幾個老兄站了起來。

女生A看著女生B，B又看著那幾個老兄。

「你是誰？」

那三個傢伙當中個子最高的老兄以沙啞的聲音問道。他們不是高中生，應該是名不見經傳的大專生或四流大學生，而且他的聲音似曾相識。我不予理會，繼續問剛才那個女孩。

「我是康子的朋友，她最近有來學校嗎？」

「喂，喂！」

那小子敲了敲我的頭。

「別吵，我不跟服裝品味差的人講話。」

「你說什麼?!」

我一回頭，立刻在他臉上揮了一記直拳，他整個人連同桌子翻倒在地。

「討厭啦，你幹嘛！」

女生A站了起來。

「等一下，我們來談談。」

那小子滿臉是血地站起來後，我帶著他和他的兩個跟班一起走出「公雞」。

我們走到無人的鐵路旁。

「渾蛋，剛才太大意了……」

他擺出拳擊動作。沒錯，他就是之前埋伏我的傢伙，但他是中量級，我只是次中量級。

我雙手垂放在身體兩側，踮著腳防守。他不知道我練過拳擊。我們的體重差異太大，持久戰對我不利，我必須利用他的失誤，讓戰局立見分曉。

他揮來一記右直拳拉開了戰局，但我對他擅長推擊有深刻的體會，我把頭偏向一邊，並沒有上當。下一秒鐘，他的推擊就朝我的身體打來，我早就在等待這一刻，封鎖了他的拳之後，以一記鉤拳打中他的臉。

他睜大了眼，彷彿在說「上當了」，但為時已晚，我又用卯足全力再補一記右直拳，餘勢動作也無懈可擊。那傢伙整個人飛了起來。

他翻著白眼仰頭倒地。

我回頭一看，其餘兩人正步步後退，似乎看到最強棒被打得滿地找牙，頓時喪失了自信。

我對著其中一個滿臉驚恐的老兄輕輕推擊了一下，雖然不太用力，但「被打」的感覺似乎擊潰了他，他慘叫一聲坐在地上。

另一人拔腿就跑。我目送對方離去，朝地上那個傢伙甩了兩記耳光。

「誰叫你們來扁我的？」

「我……我不認識你。」

「我們不是在廣尾的公寓見過嗎？雖然那時候一片漆黑。」

他好像發現了，從喉嚨深處發出「呃」的聲音，臉色發白。

「那天特別關照我的是躺在那裡的老兄吧，別擔心，我不會再扁你啦。」

他眼睛骨碌碌地打轉，拼命吞口水。我在他面前蹲了下來。

「快說，是誰叫你們埋伏的？」

「三……三木先生。」

「天野物產的嗎？」

「對。」

「是喔，那向井康子在哪裡？」

「不知道，我真的不知道。」

「是嗎？三木為什麼要攻擊我？」

「因……因為你四處打聽康子的事，讓他很困擾。」

「為什麼？」

「因……因為會受到傷害。」

「誰？誰會受傷害？」

「康子啊。因為她快出道了，不希望出現對她不利的傳聞……」

「三木說的嗎？」

「對啊，笨蛋。」

我把他打倒在地。

「嘴巴放乾淨一點。康子和三木是什麼關係？」

「那還用問嗎？當然是藝人和經紀人，你想利用康子是太妹這件事勒索她吧……」

那個老兄哭喪著臉說道。我吹著口哨，站了起來。

「原來，原來是這麼回事。」

5

「麻里姊上次說，念那所學校的都是太妹或藝人，不過，也有太妹出身的藝人。」

「你是說向井康子嗎？」

「沒錯，我現在想起來了，天野物產那棟大樓也有演藝經紀公司。我向她同學打聽過了，康子長相甜美，卻是很強勢的大姊頭，在唱歌方面的才華出類拔萃。」

「這麼說，上次關照你的那些人跟鶴見老頭的遺產無關囉？」

我點點頭，舔了舔拳頭上的傷口。老爸把腳擱在捲門書桌上，這是他聽取報告的慣有動作。

「反正你已經報仇了，雖然不甘心，但這件事就算了吧！」

「這倒不是問題，問題是康子的下落。」

「有線索嗎？」

「聽說她從兩、三天前開始下落不明，她打電話給朋友，說被奇怪的人盯上了，現在跟她媽媽躲在不同的地方。」

「不愧是太妹，直覺很敏銳。」

「會不會是那個死老頭的某個金主派人去跟蹤的？」

「我看應該不止一個，有好幾個金主組成了被害人聯盟，這個聯盟超越了政商界和各派系。」

「他們僱用了綁走三木的黑道兄弟？」

「對，一旦掌握了鶴見的資料，他們即可從被害人轉為握權者。」

老爸似乎在這兩天調查到這些情況。

「不過，並不是只有他們在找康子。」

「還有其他人？」

老爸點點頭。他背後是夜幕低垂的廣尾街頭，我伸長脖子說：

「其中一組人馬上門了。」

「咦？」

聖特雷沙公寓前停了一輛銀灰色的President，幾名身穿深色西裝的男子下了車，感覺像便衣警察，不過便衣的裝扮和用車不可能這麼高級。

老爸放下原本蹺在書桌上的雙腿，看到他們後皺了皺眉。

「你認識他們嗎？」

這些人應該又是屬於社會陰暗面，但從他們的舉手投足和態度感受得到智慧。

「隆，進房間，不要出來。」

老爸的語氣很嚴肅，可見得來者不善。我聳聳肩，乖乖遵命，在關上房門之前說：

「關於康子的下落，再給我兩、三天，我應該找得到她經常出沒的地方。」

老爸點點頭，似乎在說「知道了」。他很難得露出嚴肅的表情，瞪著門口方向。

有人敲門。我趕緊躲進房間，拿起室內對講機放在耳邊。

「唉喲，唉喲，真是好久不見啊！」

老爸一開門，就以低沉的聲音說道。一個很有精神的聲音回答：

「冴木，你留鬍子啦？」

「別再故弄玄虛了，你應該拿到我的監視報告了吧。」

我交抱著雙臂。老爸什麼時候去蹲了苦窯，假釋後需要保護觀察？

「你的意思是，廢話少說嗎？」

「我已經是普通市民了，不再受規則、暗號的限制。」

似乎不是那麼回事。

「好吧。水島，去看一下有沒有其他人。」

那個聲音命令道，隨即聽到「是」的回答。老爸嚴厲地說：

「站住！這是我家，不許亂來。」

他們似乎怒目相視，但氣氛很快就放鬆下來。

「聽說你有個兒子。」

「出去玩了，一點都不長進。」

胡說八道！

「你兒子知道嗎？」

「不知道，我也不想告訴他。」

「這也沒什麼好隱瞞的，是你好友留下的——」

「別說了！剛才不是講好，廢話少說嗎？」

「好吧……，那我就有話直說了。如果你拿到鶴見的資料就交給我。」

「太好笑了，難道你們還需要靠私家偵探？」

「你可不是普通的私家偵探。」

那倒是，這種壞胚子難得一見。

「有什麼好處嗎？」

「你難道沒有愛國心嗎？如果落到那些莫名其妙的人手上怎麼辦？」

「這我就不知道了，也沒興趣。」

「那錢呢？」

「不錯啊！」

「副室長，別聽這個叛徒的話，不如好好教訓他一頓。」

一個年輕的聲音說道。

「水島，別亂來，你不是他的對手。冴木是真正的高手，如果一對一較量，你根本贏不了。」

喂，真的假的?!

「很難說，我已經退休很久了。」

「你的本事並沒有退步，我可不想扛著手下的屍體回去。剛才的事怎麼樣？如果要錢，我會準備，你肯不肯把鶴見的資料交給我們？」

「交給你們之後又怎樣？」

「不怎麼樣，只是日本會變得更和平。」

「是嗎？反正我只是這場遊戲的棋子。」

「情報戰就是這麼一回事。正因為是玩遊戲，才能避免真正的戰爭。就好像發生多次小地震，可避免大地震。」

「大家都自以為是，以為自己掌握了世界的命運。」

「冴木，你以前也是其中之一。」

那個聲音變得尖銳。

「所以我才離開，因為我發現自己不是神，只是普通人。」

「好友的死，讓你害怕了嗎？」

「也許吧，但這件事與那個無關。」

「到底怎麼樣？給還是不給？」

「如果我拿到以後不交給你們——」

「就表示與我們為敵，雖然組織裡已經沒有像你這種高手，但你如果跟所有人為敵，還活得下去嗎？」

「……好吧。等我拿到再跟你聯絡，但不要監視我。如果我發現你們在跟蹤，這個約定就算無效。」

「副室長，這種人說的話怎麼能信？」

「水島，不管我怎麼說，都沒有你插嘴的分。對你來說，冴木是你的老前輩。」

「但是……」

「水島，你不想幹了嗎？」

「不……，遵命。」

我對那個叫副室長的男人產生了好感。

老爸發出低沉的笑聲，副室長也跟著笑了。笑過之後他說：

「冴木，那就這樣囉！我的電話號碼沒改，跟以前一樣，二十四小時待命。」

「好！」

兩個男人離開了。不一會兒，老爸叫我：

「隆，可以出來了。」

涼介老爸像往常一樣，把雙腳蹺在捲門書桌上抽菸。我一屁股坐在他前面。

「他們是誰？」

「該怎麼說，嗯，以前的舊識。」

我點點頭說：

「老爸，我餓死了。」

「你的傷沒問題了嗎？」

「我又不是老頭，復原很快啦。」

「是嗎？」

老爸看著我笑了，我也對他笑了笑。

「那我們去大吃牛排吧？」

「你請客？」

「真拿你沒辦法……」

晚餐一如預期，真的很豐盛。在六本木的牛排館吃完十四盎司的沙朗牛排，喝著餐後咖啡時，我對老爸說：

「去喝一杯吧！」

「你還未成年，說什麼大話？」

「是工作，那裡是康子出沒的地方。」

「喝酒的地方嗎？」

「算是吧——」

我從J學園的玩伴那裡打聽到康子有幾個交情不錯的朋友，康子遇到困難時可能會投靠其中一人。

「誰？」

「鱷魚小姐。」

「就是那個人妖藝人？」

「對，康子對男人恨之入骨，不知道是不是這個原因，她都跟人妖、同志玩在一起，是鱷魚小姐帶她進入那個圈子的，對方也是天野經紀公司的藝人。」

「這麼說，三木可能招了。」

「聽說康子和鱷魚小姐關係很好，卻很討厭三木。」

「你說的酒店在哪裡？」

「鱷魚開的同志酒吧就在六本木，店名叫『鱷魚之口』。」

「好可怕的店名，生意好嗎？」

「生意還不錯，很多藝人和運動選手經常去光顧，一般民眾也會去那裡看明星。」

「你這個高中生，知道得還真詳細，難道我的教育出了問題？」

「什麼教育出了問題？你從來就沒有教育過我。」

「隆，你看，有人在監視了。」

老爸開著休旅車經過「星條旗」前面時說道。這家名叫「星條旗」的報社屬於美軍機構，位於六本木防衛廳前面往西麻布方向的途中，「鱷魚之口」就在斜前方那棟大樓的地下室。

馬路兩旁停滿了違規車輛，其中一輛貼著隔熱紙的賓士車上坐著兩名道上兄弟。

「會不會是三木招的？」

「可能吧。但他們既然在監視，表示還沒找到康子。」

「那我們就光明正大走進去看看囉？」

「只要不喝酒，未成年進入同性戀酒吧也不犯法。」

因為我之前戴了安全帽，他們認不出我。老爸把休旅車停妥，和我一起走進「鱷魚之口」。

刺眼的燈光和森巴舞的節奏震撼了視覺與聽覺，巨大空間的正面有一座舞台。舞台上，奇裝異服的同志在燈光下狂舞。有些人一看就是男人，有些人身上裸露的部位和臉蛋看起來像女人。

這些人似乎明確地分為兩大類型。「男人」露出腿毛，以粗獷的嗓音說話；「女人」穿著漂亮洋裝，妝容一絲不苟。

店內座無虛席，擠了將近一百個人。「公關小姐」也有三十幾個。

我們在好不容易挪出的空位坐了下來，老爸點了白蘭地和香檳王。

「啊喲，太棒了，真的嗎？」

身旁響起粗獷的撒嬌聲。一個「男人」和一個「女人」挨近我們。

「我也想請媽媽桑喝一杯。」

涼介老爸說道。

「好啊，嗨，媽媽桑，媽媽桑。」

那兩人叫了起來，外表雖然是一男一女，叫聲卻是男中音二重唱。

「什麼——事——啦？」

穿著浴衣、頭戴草帽，嘴巴周圍畫了一圈鬍子的鱷魚小姐現身了。他以粗獷的聲音說：

「啊喲，新客人？好帥啊。啊喲喲！這弟弟也是個小帥哥。」

「啊，媽媽桑！」我們忍不住叫了起來。臉上蓄鬍又有女妝的鱷魚小姐居然把雙手伸向我們胯下。

「你是冴木先生？這位是你兒子！我也想要小弟弟！哪一個都好。你這個小弟弟也好，這個小帥哥也很棒！」

「以後請多多關照。」大家喧嘩著，舉起香檳乾杯。

「我聽我兒子說，這家店很好玩。」

「啊喲，真是人小鬼大！不過，還是謝謝你啦。」

「我是聽一個很要好的女朋友說的。」

「誰？」

我對偏著頭的鱷魚小姐咬耳朵說：「康子。」

鱷魚的眼神頓時認真了起來。

「你是她朋友？」

「不是，其實我沒見過她，不過我是來幫她的。」

我小聲說道。

鱷魚的目光迅速在我和老爸臉上掃來掃去。

「這家店被監視了，三木已經招了，說你和她的關係很密切。」

鱷魚聽到老爸這麼說，舔了舔塗滿厚重唇膏的嘴唇。

「你們幾個，先回避一下。」

剩下我們三人時，鱷魚小姐以男人的嗓音問：

「你們是什麼人？」

「名不見經傳的偵探，他是工讀生，本業和康子一樣，都是高中生。」

「到底是誰在找康子？」

「我先問你，你知道康子和她母親的藏身地點嗎？」

鱷魚眨眨眼。他顯然知道。

「我不知道是哪家經紀公司，聽說打算在康子出道前毀了她，太卑鄙了。康子是個很有才華的歌手。」

「演藝界與此事無關，說來話長，要找她的是跟她父親有關的人。」

「父親？」

「對，現在出面的都是黑道兄弟，但背後是議員和大企業老闆。」

鱷魚攤開雙手，似乎很傷腦筋。

「遇到這種人，根本就插翅難飛嘛！」

「總之，請你安排我們和康子見面。如果不相信我們，你也可以在旁邊。」

鱷魚沉思片刻，隨即抬起頭。

「沒關係，你是帥哥，看起來不像壞人。別看我這樣，我也吃了不少苦頭。」

接著，他叫住了剛好路過的少爺。

「叫明美過來。」

6

「好主意！想要隱藏一棵樹，森林當然是最好的地方。讓真正的女人混在人妖中，真是別具匠心啊！」

明美來到我們這一桌，雖然不苟言笑，但的確是一個漂亮「女孩」。和其他「公關小姐」一樣化著大濃妝，穿著緊身亮片服裝。

聽到老爸這麼說，她咬著嘴唇，低頭看著我們。

「你們是什麼人？」

她的聲音也很低沉，和其他人沒什麼兩樣。

「康子，別問那麼多了，先坐下。」

鱷魚說道，她才坐下來。

「我們不是敵人，我們是來幫助妳們母女躲避壞人。」

康子偏著頭看著涼介老爸，一雙好勝的眼睛炯炯有神。

「你要我憑這句話相信你嗎？」

「那些人找妳並不是想破壞妳出道，是跟妳父親的工作有關。」

「我知道。」

「康子！這麼說，妳騙了我?!」

鱷魚叫了起來。

「對不起，不過我即使說了，你也不會了解。」

康子回頭看著他，合起手掌。

「這麼說，妳知道他們的目的是妳父親的遺產？」

「我知道。我把話說在前面，我也不可能交給你們。」

「很好。我們的目的就是希望妳不要交給任何人。」

老爸說道，康子露出訝異的表情。

「叔叔這樣講很奇怪。」

「他本來就是怪胎。」

我說道。康子凶巴巴地瞪著我。

「你是誰？」

「跟妳一樣，不足掛齒的高中生。我也是來幫妳的。」

康子嗤之以鼻地說：

「你？我才不需要你幫忙。」

「人不可貌相，比起『公雞』的老主顧，我可靠多了。」

「原來和他們交手的就是你。」

我點點頭。

「喔……，原來是你撂倒了信夫他們。」

「妳的消息真靈通。」

「我現在還是大姊頭。」

「即使是大姊頭，也敵不過那些傢伙。」

老爸說道。

「那我該怎麼辦？即使去報警，他們也不相信我。況且，條子也不可靠。」

「沒錯，一旦涉及妳手上的那份東西，誰都不能信。」

「那我該怎麼辦？逃一輩子嗎？」

此時，店裡的喧鬧聲嘎然而止。幾名壯漢站在門口，一個人雙手被兩旁的人扯到身後。

是三木。

「老爸……」

「他們動手了，帶三木過來驗明正身。」

站在最前面的彪形大漢上次在目白公寓電梯前與我擦身而過，對方以冷漠的眼神睥睨四周。

鱷魚起身走了過去，故意用開朗的聲音說：

「歡迎光臨，不過很不湊巧，現在座位都……」

男人無視鱷魚，好像完全沒聽到他說話。隨後走來兩個人抓住鱷魚的雙手。

「喂喂喂，幹……幹嘛？」

他們把鱷魚拉到門口後方，黑暗中傳來鈍擊聲和痛苦的呻吟。

「這些傢伙——」

康子正準備起身，老爸按住了她，望著那個方向小聲說：

「隆，我來對付那幾個傢伙，你帶這位小姐離開。會開車吧！」

「當然會，但你一個人應付得了嗎？」

「如果我出了狀況，你打到我接下來說的這個號碼，不要寫下來，用腦子記！」

老爸說了七個數字，然後把休旅車的鑰匙塞進我手裡。

領頭的男人和帶著三木的兩個人大搖大擺地在店內巡邏，以銳利的視線確認每位客人和「公關小姐」。從三木走路的模樣，不難發現他頭部以下被修理得很慘。

毆打鱷魚的那兩個人，擋在店裡的電話機前面。

老爸注視他們的舉動，把酒杯裡的白蘭地倒進了冰杯，用力握著空杯。

啪！輕輕一聲，杯子碎裂了。

「等我的暗號，聽到沒？」

「OK。」

那幾個人繞過桌子，慢慢走向這裡。店內陷入一片像墳場般冰冷沉默的氣氛。

他們走到我們背後的那張桌子，康子低下頭，以免被對方發現。三木惺忪的雙眼看向客人和「公關小姐」。

他的視線停留在康子背上，眨了眨眼。

他的眼睛微張，下一剎那，老爸踢倒桌子，跳了起來。

「隆，快行動！」

老爸以左臂勾住領頭男人的脖子，右手拿著玻璃碎片頂住他的喉頭。

「不許動，小心我割斷你的動脈。」

「幹！」

抓住三木的兩個男人鬆開他，把手伸進西裝。

「住手，當心你們老大性命不保！」

我抓起康子的手繞到他們身後，被老爸控制的男人始終盯著我們。

「你們自以為……逃得掉嗎？」

老爸的右手在他身上摸索，從他後腰摸出一把左輪手槍，於是丟掉玻璃碎片，把槍口抵著他的頭。

我和康子跑到門口。

「等一下！」

站在電話前的其中一人拔出刀子，刀刃閃現白光。

槍聲響起，男人手上的匕首掉落，右手淌著血。

「沒事了，隆，快走吧。」

另一人想要擋住我們，我朝著他的胃部用力踹了一腳。

我們衝出店外，奔向休旅車。

「你會開車嗎？」

康子大叫。

「沒問題，不是我在自誇，就連油罐車也難不倒我。」

我把康子推上副駕駛座，正準備繞到駕駛座時，聽到一聲刺耳的剎車聲。是那輛車燈朝上的賓士。原來還有人守在店外。

賓士朝我們衝了過來，隨即聽到兩聲槍響，賓士的擋風玻璃和側面車窗碎裂，司機用雙臂遮臉。賓士撞到電線桿後停了下來。

我坐上休旅車的駕駛座，不顧一切地倒車。

老爸站在「鱷魚之口」的門口。

我踩下剎車，康子把副駕駛座讓了出來。

「快走！」

老爸大叫，縱身一躍，跳上車子。追出來的幾個傢伙紛紛開槍，我用力踩油門，幾乎把車底踩穿了。

「我按照妳的委託，把妳先生的女兒帶來了。」

我們坐在鶴見家的客廳。康子、冴木父子和鶴見夫人、司機黑墨面對面地坐著。

老爸轉頭對康子說：

「妳有權利繼承妳父親的遺產五億圓，那是妳父親留給妳的。」

康子睜大了眼，似乎對此事並不知情。

「還有另一件事，妳父親留給妳一封遺書。」

夫人頓時變了臉。

「喂，你到底想幹嘛──」

「夫人，她都知道了。她母親，向井直子目前躲在銀座時代的朋友家裡，把所有事都告訴她了。」

「就算這樣，我──」

老爸舉起右手，夫人閉起嘴。

「先聽聽她怎麼說。」

康子娓娓道來。

「爸曾經背著我媽來找過我幾次，見面時，他把他死後的打算告訴我。我媽最擔心我變成爸的『繼承人』。」

「事實的確如此，簡直鬧得天翻地覆。」

「把鶴見的資料給我，我不要求全部，但至少有一半的權利。」

「夫人，為什麼那些追鶴見資料的傢伙沒找妳，只鎖定康子？只要思考這個問題，就知道妳沒有權利說這句話。」

夫人倒抽了一口氣。

「對於那些尋找鶴見資料的人來說，身為『繼承人』的妳和康子的立場並沒有什麼不同，但沒人上門找妳，這表示你們之間達成了協議，妳向妳先生的『被害人聯盟』公布了另一封遺書的內容，顯示妳手上並沒有鶴見的資料。同時，妳還僱用我，試圖把這份資料占為己有。妳有點聰明又有點笨，妳沒選錯人，我找到她了，也知道鶴見資料的下落，這就是最好的證明。」

康子驚訝地看著老爸，涼介老爸面帶微笑地繼續說道。

「妳不夠聰明的地方，就是以為我會把那份資料交給妳。妳腳踏兩條船，很遺憾，我沒辦法把鶴見的資料交給妳。」

「黑墨！給我好好教訓他一下！」

大猩猩站了起來，雙方還沒動手，康子就走過去，用力踢踹他的胯下。

「你這豬頭！」

康子對著捂著下體的黑墨罵道。

「畜生！」

夫人怒目相向。

「妳別動怒，如果妳拿不到鶴見的資料，到底誰拿得到……？」

老爸看著康子。

「我能說嗎？」

「既然你都知道了，那就沒什麼好隱瞞的，說吧。」康子交抱著雙臂，俯視著夫人說道。

「沒有人拿到。」

「?!」

「鶴見並沒有把情報交給任何人。這幾天，我調查了鶴見康吉先生最後幾年的工作，發現沒有一個是新的金主，都是一些連續被勒索好幾年，甚至超過十年的客戶，金額也不高，對於付錢的人來說，應該不痛不癢吧。說起來，就像在付年金或保險費。為什麼老頭子沒有吸收新客戶或提高勒索金額呢？」

「騙人！騙人！我不相信！」

夫人察覺其中的原因大叫了起來。

「是真的。老頭子料到自己會死，於是處理了所有資料——統統銷毀了。」

「既然這樣，為什麼？為什麼要留下這份遺書，說要統統留給這孩子？」

「這是體制。」

「體制？」

「資料消失了，但如果沒人知道，鶴見和金主的合約就持續有效，這個體制還會延續下去。妳誤會了其中的意思，所有人都誤會了，所以才會到處尋找這孩子的下落。」

「那她一輩子都不得安寧。」

「她和老頭子一樣，沒有人會對老頭子出手，如果有人不相信，試圖對她不利，萬一如那人所想的，鶴見的資料藏在某個地方，會有什麼結果？如果康子決定公布這些資料……」

「……」

夫人以空洞的眼神看著康子。

「妳應該了解吧！鶴見並沒有把資料交給任何人。換句話說，妳先生寫給康子的遺書就是重要資料。」

「他說的沒錯。」康子說道。

「什麼時候出道？」

我們離開鶴見家，坐在休旅車內前往廣尾時，我問康子。

「我放棄了，覺得很無聊。」

「也對，如果夫人把今晚的談話內容告訴那些傢伙，妳就是這世上的實權者。」

老爸說道。

「這種東西！我才沒興趣。」

康子嗤之以鼻。

「也不當大姊頭了嗎？」我問道。

「誰說的？不過，我要好好感謝你們，我會送禮物給你們。那個老太婆還沒付錢吧！」

「是啊。」

「你也要跟老友說出真相嗎？」我問道。

「還有其他方法嗎？他們很聰明，不會對小孩動手。」

「你們在說什麼？」

「沒什麼？什麼禮物好呢……？」

「那我介紹朋友給你認識，是漂亮美眉喔。」

我和老爸互看了一眼，老爸嘆了一口氣。

「我知道，老爸，你想說的是——小鬼的事……」

「還是由小鬼搞定。」

我們異口同聲地說道。

「媽的！」

康子的拳頭立刻飛了過來。

海上的跑單幫客

打工偵探

1

「你是冴木……隆吧?!」

我剛走出校門，就有人叫住我。

二月是最糟糕的月份，不僅天氣冷，又逢寒假和春假之間，更是考試的季節。整天冷得打哆嗦，玩樂也無法盡興，不得不投入不感興趣的課業。所以，即使是個性開朗的好少年冴木隆，也難免陷入憂鬱。

今天，化學和日本史又考爛了。即使在有馬紀念賽馬時，第六感特別準，過年後卻腦袋空空，這次果然慘遭滑鐵盧，我已做好被當的心理準備。

「請問是哪一位？」

我回頭看著對方反問時，努力擠出凶惡的表情。

叫住我的是兩個穿深色西裝的男人，他們開著一輛銀灰色皇冠，原以為是黑道兄弟，但從他們身上可以感受到一股智慧的氣味，舉手投足及眼神都保持警戒，感覺不像壞人。

「我是你父親的朋友，我姓島津。」

說話的人年約四十過半，體型結實、沒有贅肉，顯然經常健身。

這張臉好像在哪裡見過。我想了一下，立刻想起來了。他是老爸的同事，去年秋天，也打算在大勒索專家的遺產爭奪戰攙一腳。我不知道他是幹什麼的，只記得他手下叫他「副室長」。

既然是不務正業的老爸的同事，就算不是暴力分子，應該也是走私販或放高利貸業者、泯滅良心的房屋仲介或冒牌右翼分子。總之，絕不是什麼好東西。

「喔，原來是副室長先生。」

我向他點點頭，他出乎意料地瞇起眼。

「你是聽冴木——你父親說的吧？」

「不是，去年你不是來過我們事務所嗎？」

他吁了一口氣。

「原來如此，冴木把你調教得不錯嘛！」

「開什麼玩笑，那個不良中年教我的，頂多是欺騙老實的老人家，強迫推銷滅火器的技巧，或是向酒店賴帳的方法，還有打麻將怎麼偷牌，根本沒有半點好處嘛！」

那個男人苦笑了起來。

「太過分了，冴木的教育方式很獨特。」

「如果你說的獨特是指不盡父母的義務，他的確可以創下『金氏世界紀錄』。」

說著，我打量著島津。

他身上的三件式西裝是英國進口的高級材質，鞋子也不便宜，渾身散發出權力的味道，搞不好是國會議員的祕書或是右翼分子。

「請問有何貴幹？」

明天有我最頭痛的物理考試，如果有事找老爸，可以直接去找他。不過，那個不良中年這兩天都不見人影。

「我是受你父親之託來接你的。」

「接我？他被哪個賭場扣留，回不了家嗎？」

「不是啦，他正在協助我們的工作，所以，要我們照顧你。」

島津難以啟齒地清了清嗓子。

太詭異了，老爸根本沒有半點父母心，從來不在意我在哪裡做什麼事。他很清楚我長這麼大，即使不需要拜託別人，也可以照顧自己。

「太感謝了，不過我向來不喜歡麻煩別人，所以不用管我。」

說完，我轉身就走。

「等一下，我現在打電話給你父親，能不能請你跟他說話？」

島津慌張地說道。

我停了下來。因為我想到可以藉機挖苦一下失聯且下落不明的老爸。

島津向同伴使了一個眼色。那個看起來像是他下屬的年輕搭檔從車上拿出行動電話，不知道對話筒講了什麼。

然後，他遞上話筒說：

「副室長，他接電話了。」

「喂，冴木嗎？我是島津，現在和你兒子在一起，能不能請你跟他說……，好！」

島津把話筒交給我。

「啊呀啊呀，我正想去警視廳報案咧！」

我一接過電話就說道。

「好主意！不過，我看還是免了吧，你旁邊那個人是警察的老大，拜託他們比較快。」

雜音淹沒了老爸的回答，他好像也在開車。

「你現在在哪裡？」

「天機不可洩露，我接了一份工作。」

「合法的工作？」

「算是吧！」

「這兩個大叔說要照顧可憐的高中生。」

「別慌張也別吵鬧。」

「這就是你的回答？」

「我還忘了戴帽子。」

帽子？我差點反問他，但還是把話吞了下去。老爸從來不戴帽子。

「你對助理有什麼吩咐？」

「你不是在考試嗎？」

「明天就考完了。」

「知道了，我會去拿帽子。」

「OK，那我叫這兩個大叔今晚請我吃好料。」

「代我向吸血鬼問好。」

「了解。」

電話掛了，我把話筒還給島津。

「好像真的需要你們照顧了。」

我被帶入赤坂的某家一流飯店，途中，他們載我回到廣尾聖特雷沙公寓，帶走應考的必需品。島津預約了飯店頂樓的豪華套房。

島津的下屬住在隔壁，兩個房間之間只有一扇門相隔，似乎是保護加監視。

島津離開後，我躺在房間內的大床上。

我發現缺少思考時的必備品，起身敲了敲與隔壁相通的那扇門。

「來了。」

島津的下屬大約三十五、六歲，姓河田，身高跟老爸差不多，體格很魁梧。他打開門，可能是急忙穿上西裝外套，衣襬都翻了起來。

我眼尖地看到他掛在腰際的槍套裡插著手槍。

「什麼事？」

河田低頭看著我，顯然覺得我是個自以為是的小鬼。

「放心，我不是叫你來唱搖籃曲的。叔叔，你有菸嗎？」

河田哼了一聲瞪著我。

「你不是高中生嗎？」

「我剛好抽完了，我要『沒慮樂』和『七星』。」

「沒慮──那是什麼？」

「那是我要的，可不可以給我一根菸？」

「我不抽菸。」

「是嗎？那我去買。」

「等一下，你不能擅自離開，這是副室長的命令。」

「副室長是你上司，又不是我老師。」

河田又哼了一聲。

「好吧，我去買。你不許離開房間，我出去的時候，不管誰來，都不必應門。」

「那就謝囉。」

「七星吧？還有沒慮什麼？」

「『沒慮樂』，你最好去下面的藥局買。」

「一個高中生，竟然抽兩種菸……」

河田念念有詞地離開我的房間。

「即使有人敲門，也不許開門，要確認是我之後才能開。」

關門時，他露出可怕的表情說道。

腳步聲走遠時，我坐在電話前，撥了櫃檯的號碼。

「這裡是櫃檯……」

「我想請教一下，這個房間預約了幾天？」

「你是島津先生嗎？請稍候。」

我想知道保護觀察持續多久。

「……讓您久等了，目前預約了一個星期。」

什麼？我驚訝不已，道謝後掛斷電話。我才不要被關在飯店整整一個星期。

不一會兒，門鈴響了。

「哪位？」

「我是河田，開門！」

「真的是河田先生嗎？」

我掛上門鏈朝外張望，河田滿臉通紅地站在門口。

我一開門，他就好像要踢破大門般衝了進來，指著我說：

「你……你……你這個死小鬼！」

他左手拿著兩盒七星，右手拎著藥局紙袋，氣得渾身發抖。

「王八蛋，沒……沒慮樂根本不是菸！」

「對啊，誰說是菸了？」

「我還去櫃檯旁的香菸攤問了年輕女店員！」

他把袋子丟在地上。

「她說是避……避孕藥，而且是女人用的，你竟敢耍我！」

「原來你不知道？真不好意思。」

「給我聽著！沒有我的允許，你不許踏出去一步。吃飯要叫客房服務，必須由我陪同。不許打電話，也不許外出，如果你不守規矩，小心我擰斷你的頭！」

「啊呀，我剛才打電話給三個女生，叫她們今晚過來玩，所以要用『沒慮樂』。」

「你——說——什——麼?!」

「開玩笑的，我會乖乖聽話。好，我會安安靜靜、老老實實的。」

「好，那就好。如果敢亂來，你會後悔的。」

他指著我的鼻尖，氣勢洶洶地說道，然後轉身走向隔壁房間。門用力關上。

我撿起菸盒，開封後，用飯店的火柴點著了。

我回想起和老爸的對話。

首先是「帽子」。老爸從來不戴帽子，他說要回來拿帽子，一定是製造機會與我單獨見面。

「向吸血鬼問好」指的是聖特雷沙一樓咖啡店「麻呂宇」的酒保星野先生。應該是透過長相酷似克里斯多佛．李的星野先生接頭的意思。

老爸到底發生了什麼事？他向來不拘小節，說話時使用暗號，表示情況相當危險。警察正在找他——但老爸說，島津是「警察的老大」。況且，我從沒聽過警察會讓罪犯的兒子住一流飯店。

他被黑道追殺——如果是這樣，一切就很合理，可能是防止我被當成人質。果真如此，為什麼要背著島津和我見面？

最後，我得出了結論。

島津掌握了老爸不光采的過去，逼迫他提供協助。目前他做的工作或許是站在正義的一方，但他以前是個敗類。所以，即使警方以此要脅他，強迫他協助，我也不驚訝。

如果是這樣，我現在唯一能做的就是——

好好復習明天的物理考試。

於是，我開始K書。

2

第二天，河田開車送我到學校，難得熬夜溫習果然奏了效，物理考試得到了高分（我估計啦）。

我拒絕了邀我一起去狂歡的同學，對他們說：

「從今天開始，我的身分跟你們不一樣。」

然後，悠然地坐上皇冠，前往聖特雷沙公寓。

上了二樓，我先替河田泡咖啡，然後說要準備明天的東西，就走進了自己的房間。河田坐在客廳兼事務所內老爸的那張捲門書桌前，好奇地東張西望。

「你是男人，換衣服不要拖拖拉拉的。」

他盛氣凌人地說道。

我立刻鎖上房門，換上連身皮衣褲，把剛才穿的棒球夾克和燈芯絨長褲塞進背包，抓起愛車NS400R的鑰匙。

從我房間的窗戶順著排雨管可以爬到屋後的停車場。

「島津叔叔、河田大哥，你們要記住，年輕人最討厭被關禁閉。」

河田發現我的房門反鎖，慌慌張張地從老爸臥室的窗戶探出頭時，我已經騎上了NS400R。

「喂！你這傢伙，慢著！」

我露出燦爛的笑容，揮了揮安全帽，催了一下油門。河田想拔出腰際的槍對我開槍，但因為在馬路上，只好作罷。

「代我向副室長問好。」

我朝他喊了這麼一句，便騎車離開了。無論河田再怎麼急著坐上皇冠，也不可能追上機車。

一眨眼工夫，我就飆到六本木大道上，一口氣來到十字路口。在六本木，就算我閉著眼也知道哪裡有什麼。我把機車停在洛亞大樓旁，走進旁邊的麥當勞。

我來這裡填飽肚子、打電話。我吞下兩個雙層起司漢堡和大杯可樂，咬著薯條走向公用電話，撥了「麻呂宇」的號碼。

「……你好，這裡是『麻呂宇』。」

話筒彼端傳來星野伯爵沉重的聲音。

「我是二樓的火球小鬼，請問懶散鬼有沒有跟你聯絡？」

「有。」星野先生嚴肅地說：「可以嗎？我念給你聽。」

「好咧，請說。」

「『如之前的約定進行決鬥，時間為下午四點。』就這樣，聽清楚了嗎？」

「聽清楚了，星野先生，請把那張紙撕掉。」

「知道了。」

「謝謝，拜拜——」

我掛上電話。「之前的約定」到底是什麼？

吃完大包薯條時，我突然想到，之前，我曾經警告過老爸，如果他敢動我心愛的家教麻里姊，就要他好看。

當時，老爸露出奸笑說：

「那要不要決鬥？」

我不甘示弱地問他，要去哪裡決鬥，他回答說：

「那還用說嗎？決鬥當然去河邊。」

如果是河邊，這附近只有多摩川，雖然還有荒川，但是太遠了。四點在多摩川的堤防見——老爸已經指定了時間、地點。

我一看手表，中午十二點剛過，只要三十分鐘就可以抵達多摩川的堤防，四點以前去哪裡混？

棒球夾克的口袋裡放著河田買的七星菸和沒慮樂，難得有沒慮樂，不用豈不是暴殄天物?!

我騎著車，開始物色願意跟我上床的馬子。

我在六本木釣到的馬子叫由衣，十九歲，橫濱人。她來東京逛街，正在怨嘆找不到帥哥。

「你比我小喔。算了，沒關係，帶我去飆車吧！」

她從背後抱著我，我載她飆到元町，在山手一家潮濕的賓館用了兩個「沒慮樂」，辦完事以後，與她在元町道別。我來到多摩堤防時，只差幾分鐘就四點了。

我聞著安全帽上由衣留下的香水味，尋找老爸的身影。

夕陽染紅了多摩川的堤防，許多小孩子跑來跑去。我停好機車，脫下安全帽，忍不住嘆了一口氣。

燦爛的孩提時代已一去不復返了。

一個人影躺在堤防上靠東京方向的那一側，向我揮手，他揮動的右手拿著熱狗，左手握著罐裝啤酒。

這裡有個即使邁入中年，也沒有失去開朗性格的男人。

我拿著安全帽走下堤防。

涼介老爸穿著一件厚羊毛夾克配棕色襯衫躺在堤防上，臉上的鬍碴不見了，不知去哪裡剃了鬍子，頭髮也梳得很整齊。

我坐在他身邊，他一臉賊笑，把啤酒遞給我。

「有女人的味道喔。」

我喝啤酒時，老爸說道。

「是嗎？監護人失蹤的可憐高中生只能靠無照計程機車打零工。」

「我還不了解你嗎？一定只載美眉吧？」

「那當然。這次到底是怎麼回事？」

「嗯。」

老爸翻了一個身，把頭枕在手臂上，仰望著天空。我叼了一根菸。

「給我一根。」

我把點著的菸塞進老爸嘴裡，他抽得津津有味。仔細一看，才發現他雖然把鬍子刮乾淨了，但神情顯得很疲憊。

「很久很久以前……」

「你說什麼？」

「別打岔，聽我說下去。很久以前，某個地方有一票壞蛋。至於他們到底怎麼壞，就是販毒、仲介賣淫、恐嚇、殺人樣樣都來，簡直是無惡不做的壞胚子。而且，他們撒大錢賄賂政府官員，警察對他們的行為視而不見。」

「你說的不是日本吧？」

我拔著堤防上的草問道。

「對，不是日本，我當時是跑單幫的，正好在他們的國家活動。」

「結果呢？」

「某個團體覺得那些傢伙的所做所為不可原諒，嗯，那個團體也算是反政府分子。他們接受了國外的金援，策畫在那個國家發動政變。我基於某種原因，還加入了那個團體。」

「毒品的那個？」

「政變的那個啦，因為要調查他們的資金流向。」

「這根本是間諜嘛。」

「沒錯，對他們來說，我是叛徒。但跟他們一起行動後，對那些壞胚子的所做所為也看不下去了。」

「……」

「有天晚上，我溜出去，去見其中一個壞胚子。我告訴他，要向他透露革命團體的消息，但要求對方的老大單獨見我。」

「老大這麼輕易出來見你喔？」

「不……」老爸語帶痛苦，「我很無奈，透露了幾個不太重要，卻是真實的情報。老大根據這些情報，順利逮到幾個反政府分子，所以才會中我的計。」

「後來呢？」

「就這樣而已。老大不見了，壞蛋的組織也瓦解了。」

「幹得好，英雄！」

「根本不是這麼回事，老大賄賂的政府和日本關係良好，所以，我只好放棄跑單幫的工作。」

「那也沒辦法啦。」

「沒錯啦，但問題在於那個老大。他是死了，可是，他還有一個兒子。」

「唉喲，唉喲。」

「問題不是死掉的老爸，而是他兒子。那小子最近慢慢壯大了實力，已經來到日本，說要替他老爸報仇。」

「要來向你索命嗎？」

「就是這麼回事。」

「原來如此，所以你才東躲西藏。」

「嗯，就是這樣，他知道我已經不幹了，也知道我帶著你這個『拖油瓶』。」

「所以，你託以前的夥伴把我藏起來？」

「這是條件之一。」

「什麼條件？」

「就是要我重操舊業，但情勢跟以前不太一樣了。」

「所以，還有第二個條件？」

「嗯，兒子比老爸更壞，據說他打算把毒品和其他東西統統運來日本。」

「所以，你的夥伴也很傷腦筋。」

「對，但他畢竟是友邦國家的大人物，不能隨便亂來。」

「所以，希望你採取行動？」

「是啊！」

我和老爸沉默了片刻。

「以前的夥伴也不可靠嗎？」

「對，在那個世界，信用和約定並不存在。」

「你不喜歡，所以才離開嗎？」

「這也是原因之一。」

我嘆了一口氣。

「老爸的債要兒子來還嗎？」

「是啊，如果被他們發現，你我就性命難保啦。」

「聽起來還真令人開心，所以，那要怎麼辦？」

「趕快撥開濺到身上的火星，以前的夥伴根本靠不住。」

「那你信得過我嗎？」

「我們是父子，即使被幹掉，也心甘情願吧！」

「好過分。」

「你剛才不是說很開心嗎？」

「我還情願為物理考試打拼。」

「你說什麼？」

「沒事，那個老大到底怎麼了？」

「你是問他老爸嗎？出車禍，去見閻羅王了。」

顯然是人為事故。看來，這次要對付的是狠角色。

老爸喝完啤酒後站了起來，注視著河面。

「真拿你沒辦法，作戰方案呢？」

「我不想被關在飯店，也不想被打成蜂窩，還有其他選擇嗎？」

「隆，要一起幹嗎？」

「可以丟下我逃命。」

「太帥了！但如果你掛了，我就不能繼續住在聖特雷沙公寓了，我喜歡那裡。」

況且，我根本無處可逃。

「好，那我們聯手把他兒子送進豬圈（註）吧。」

「他們去豬圈，我們去天堂，待遇差這麼多。」

老爸聽到我這麼說，神情變得嚴肅。

「隆，你敢殺人嗎？」

「順勢而為或許沒問題，但如果事先計畫，可能沒辦法。」

「那只好忍耐一下，送他去豬圈吧。」

我聳了聳肩。

「這就是所謂『不聽老人言，吃虧在眼前』嗎？OK，告訴我作戰計畫吧。」

老爸開始說了起來。

3

壞胚子二世名叫喬治．蘇啥米碗糕念起來舌頭會打結，大家都叫他喬治。老子死的時候，他還在美國念書。

「他是以什麼名目來日本的？」

「表面上是觀光。他開著一艘名叫『喬治二世號』的大遊艇，途中繞到日本。」

「現在在哪裡？」

「橫濱。住在格蘭飯店，每天晚上花天酒地。他打算利用這段時間逮到我，親眼看我被取下首級。」

「這表示他在日本也有同夥。」

「那當然。我在想，他來日本應該不只是為了殺我，還想來做生意。」

「什麼生意？」

聽到我這麼問，老爸聳聳肩。

註：拘留所的俗稱。

「不知道，販賣毒品、槍枝或人口，總之是可以大撈一筆的生意。如果我們逮到這一點，再動用警方，就可以把他送進豬圈。」

「你的夥伴會怎麼做？」

「靜觀其變吧。對他們來說，二世本來就不在他們的管轄範圍內，但如果眼前有現成的材料可以送進豬圈，他們也不得不行動吧。」

「聽起來不輕鬆嘛。」

「跟你之前的工作不太一樣。」

「那我要做什麼？」

「二世除了對外公開的住宿地點，一定還有其他老巢。再怎麼樣，也不可能把交易的貨物藏在飯店吧。」

「不在遊艇上嗎？」

「遊艇在進港時應該被檢查過了，他一定在進港前把貨物送上岸，運到日本國內的某處。首先要找出他的老巢。」

「你還真了解，以前該不會做過走私生意吧?!」

從事偵探的工作，必須經常監視各種地方，這還是頭一次監視自己的家，也就是廣尾聖特雷沙公寓。

「喬治一定會查到我們的住處，然後派手下監視。如果順利的話，即使找不到我，也可以先逮住你，再利用你誘捕我——他老子應該會這麼想。所以，他這麼想也很正常。」

如此這般，我正在監視聖特雷沙公寓，但不能在自家或「麻呂宇」監視。如果被喬治的手下發現我是冴木，恐怕會賠了夫人又折兵。

老爸說要去橫濱周邊打聽，並決定由「麻呂宇」的星野先生充當聯絡人。我們在東京和橫濱之間的川崎留宿。

廣尾聖特雷沙公寓與廣尾十字路口隔著兩條路。不久前，這裡並沒有太多商店，但不知何時冒出許多深受女大生喜愛的蛋糕店和咖啡店之類的店家。從這個角度來說，往來的行人不少，監視行動並不會太辛苦。

反之，想找到監視目標也不容易。

我把機車停在平常光顧的加油站，脫下連身衣，換上棒球夾克和燈芯絨長褲。

我不能在聖特雷沙公寓附近打轉，除了喬治的手下，河田和島津的下屬也有可能偷襲我。

河田知道我騎車，即使我戴全罩式安全帽，也不可能騎車在附近繞。

我絞盡腦汁想了半天，走進離聖特雷沙公寓兩個街區的一家拉麵店。老闆是涼介老爸的牌友，他對我幾乎是有求必應。

「阿隆，怎麼了？」

「基於特殊原因，今天能不能讓我送外賣？」

拉麵店老闆問我，我拜託他說：

「怎麼了？又要幫你那個遊手好閒的老爸嗎？好啊，那裡有上衣和帽子，還有提籃，拿去用吧。」

我簡直就像變裝的偵探，換上白衣，把帽子壓低，還向加油站借了輛腳踏車。有了這身裝扮，即可暢行無阻了。

我左手拎著提籃，在廣尾商店街穿梭。自從當了偵探才知道，人的眼睛很神奇，會自動區分觀察對象是不是屬於這個環境。

比方說，對於正在搜尋高中生冴木隆的那些傢伙來說，會特別注意外型或穿著看起來像學生的十幾歲年輕人，但即使是年紀相同的人，如果已經在工作，就成了視而不見的風景之一。

我經過廣尾聖特雷沙公寓前，那裡停了好幾輛車，但似乎無人在監視。

對方可能同時利用咖啡店和車子。

我繞了一圈想到一件事，如果敵人的老巢在橫濱，車子也有可能掛橫濱的車牌。我努力克制想回去確認狀況的心情，走進一家靠六本木方向的咖啡店，喝杯咖啡打發時間。

一個小時以後，我再度騎上腳踏車。天色已暗。

這一次，我緩緩前進，假裝提籃裡裝了東西。

我仔細確認停在看得到聖特雷沙公寓出入口的每輛車車牌。

繞完一圈時，花了比剛才多一倍的時間，結果最先發現河田的那輛皇冠。車子停在聖特雷沙公寓後方住家的院子前，很容易被忽略。河田一定是動用公權力，強迫住戶配合。

有兩輛掛橫濱車牌的車，一輛是車窗上貼著隔熱紙的賓士，另一輛則是BMW，都是高級進口車。不過這一帶到處都是進口車，也沒啥好驚訝的。

我記下那兩輛車的車牌。

為了謹慎起見，我跑到一家更遠的咖啡店。

然後，我打電話到「麻呂宇」。

「我是火球小鬼，老爸有打給你嗎？」

「他說一個小時後再聯絡。」

「請你叫他查一下這個車牌號碼。」

「咖啡豆嗎?請稍等。」

星野先生這麼回答。太奇怪了，可能是河田或喬治的手下在店裡。如果是喬治的手下，星野先生應該不會察覺，所以可能是河田。

我報上車牌號碼後，掛斷電話。老爸應該會查出頭緒。

我再度騎上腳踏車。

賓士和BMW停放的位置隔了兩棟大樓，其中一棟是「麻呂宇」斜對面的蛋糕店。那家店八點就打烊了。快了，如果監視的人坐在蛋糕店，很快就會被趕出來。

我經過那條路，把腳踏車停在聖特雷沙公寓旁的高級公寓前，拎著提籃走上樓梯。站在那棟大樓外梯的樓梯口，可清楚看到蛋糕店的出入口。

八點零五分，蛋糕店的自動門打開了，兩個男人走了出來。其中一個是日本人，另一個皮膚黝黑、看起來像東南亞人。兩人都是夾克配休閒褲的輕鬆裝扮。

那個日本人眼神銳利地抬頭看著聖特雷沙公寓二樓的「SAIKI INVESTIGATION」招牌，接著從上衣口袋拿出鑰匙，坐進了BMW。

他沒有發動車子。

這證實了我的猜測。我重新拿起提籃下樓，騎著腳踏車經過BMW旁。

車上的傢伙甚至沒有抬眼看我，全神貫注地盯著聖特雷沙公寓的出入口。

我把上衣和帽子還給拉麵店，換上連身衣。

聖特雷沙公寓前面是一條單行道，那輛BMW的出口只有一個。

我把機車停在那裡，走進一家小餐廳，坐在窗邊的位子，看得到從單行道出來的所有車輛。

他們打算整晚都在那裡盯梢嗎？

照常理來說，應該會換班。一到深夜，交通警察會騎著腳踏車取締違規停車，如果看到兩個大男人三更半夜坐在車上一動也不動，一定會上前盤查。因此，他們絕對會在這之前離開。

我點了蛋包飯和漢堡排，慢慢地吃著。

警察通常在十一點左右巡邏，只能忍耐到那個時間了。

十點半，當我緊盯著窗外時，餐廳老闆請我喝了一杯咖啡。

「身上沒帶錢嗎？」

這句話充滿了人情味。為了消除他的疑慮，我付了錢。

「我正在等女朋友，我們打算私奔。」

「真的嗎?!」

老闆在我面前坐了下來，我抬頭一看，發現店裡只剩下我一個客人。

「你還年輕，千萬別想不開。」

嚴肅的氣氛讓我不敢說「開玩笑的啦」這種話，老闆搖搖頭說：

「其實，我也幹過這種事，現在不知道有多後悔。」

這才想起剛才從裡面探頭張望的大嬸胖得像一座小山，體型足足是老闆的兩倍。

「別做傻事，我不會騙你的。」

「女人會變嗎？」

「那當然……」

老闆把下面的話吞了下去，因為他太太從裡面走了出來，滿臉狐疑地瞪著我。

此時，BMW的車頭從小巷裡現身了。

「啊，出來了。」

我情不自禁地站了起來。

「出來了……，是那輛進口車嗎？」

「是啊，我女友是五十歲的董事長太太，原本我還在擔心年齡問題，但現在沒問題了。謝謝款待！」

老闆張口結舌，我戴上安全帽，衝出餐廳。

BMW正準備駛入六本木大道。我騎上NS400R，發動引擎。

終於有動靜了。

BMW駛入首都高速公路，下行線沒什麼車，BMW一路狂飆。

想到他們飆車的理由之一，是因為還沒發現我，心情就特別爽快。

千萬不能大意。機車騎士很容易引起汽車駕駛的注意。

我謹慎地保持兩、三輛車子的間距。

BMW在橫濱公園交流道下了首都高速公路一號線，向關內方向行駛片刻後，進入鬧區。

終於，車子駛入寬敞的停車場角落。

我繼續前進了五十公尺才回頭。

幾個男人陸續下車，把鑰匙放進口袋，大搖大擺地離開了。

他們走進離停車場不遠的某大樓一樓。

我騎著車掉頭。BMW停的是月租停車場，承租人是「綠眼」。我看著他們走進的那棟大樓。

夜總會「綠眼」的綠色霓虹燈正在向我眨眼。

4

「你說的那輛BMW，車主是一個住在本牧的女人，只是名義上的車主，那輛車是橫濱夜總會老闆綠川買給她的。」

「夜總會『綠眼』嗎？」

「對。」

老爸躺在狹小雙人房的床上點點頭。即使身處於這種落寞的賓館，老爸也能散發出一股帥氣。應該說，無論他在哪裡擺什麼姿勢，都是帥氣十足，唯一的美中不足，就是他沒辦法當一個規規矩矩的人，這也是身為他兒子的苦處。

「關於綠川，有很多可疑的傳聞，聽說他買賣毒品，還帶團賣春，走私槍械。」

「那不是剛好和喬治先生臭味相投嗎？」

「沒錯。」

「這麼說，喬治也會出入『綠眼』囉？」

「可能吧，喬治應該會要求綠川帶著他的手下找我們。」

「那就簡單了，只要監視『綠眼』，不就可以找到喬治的老巢嗎？」

「應該沒這麼簡單吧。」

涼介老爸把菸灰缸放在身上的短浴衣胸前，吐了一口煙。

「如果交易的貨藏在老巢，戒備一定很森嚴，不可能靠近，也不能明目張膽地接近喬治。」

「我不能去『綠眼』，對方又認識你……，傷腦筋！」

「……」

老爸雙臂交抱，仰望天花板，嘟著嘴陷入沉思。

「也不是完全沒辦法，只是手段有點齷齪。」

「什麼手段？」

「找到那輛BMW的女車主，以她為誘餌引綠川出洞。只要逼問綠川，應該查得到喬治的老巢。」

「在那裡把喬治一網打盡？」

老爸點點頭。

「但怎麼做？」

「當然用我跑單幫的技巧呀！」

老爸說完，笑了起來。

第二天，我在老爸查到位於山手的某棟高級公寓前監視。那是綠川的女人的住處。

下午一點多，一輛銀色林肯車（會不會太矯情了？）停在那棟公寓前，兩個眼神凶惡的老兄下了車。

他們走進公寓，幾分鐘就出來了，中間多了一個又矮又胖的男人，臉頰鬆弛、眼尾下垂，簡直就像漫畫人物，只有眼神散發出冷酷而可怕的銳光。

因為老爸之前提示過，所以我一眼就認出他是綠川。

他還僱用保鑣，看來，要動他的確沒那麼容易。

那女人住在八樓的八〇二室，那裡視野良好，可以俯瞰外國人墓地。房子一定是綠川用骯髒錢買的，即使他去蹲苦窯，那女人也毫無損失。唉，男人真命苦！

那女人名叫外岡絹代，我看一定是濃妝豔抹的半老徐娘，整天嗲聲喊著綠川「老公——」。

啊，怎麼辦？

我目送林肯車遠去的方向，抬起放在車把上的手，抓了抓下巴。

總不能去摁八〇二室的門鈴。

雖然老爸事不關己地說，「你可以去勾引她」，但都立K高中首屈一指的把妹高手冴木隆，恐怕也難得手。況且，我從未勾引過師奶級的女人。只能硬著頭皮上了。如果我的魅力不夠，再找老爸出馬。

我在公寓門口守候。

等一下那女人應該會出門吧。即使被包養，也不可能整天窩在家裡。

綠川離開不到一個小時，一個年輕女人推開公寓大門走了出來。她身穿毛皮大衣、窄裙，背對著我走路的模樣婀娜多姿。如果她就是外岡絹代，臉蛋也長得不錯，那我就真的賺到了——我這麼想著，戴上安全帽，發動了引擎。無論如何，只能直接問她是不是外岡絹代。

我騎車掉了頭，騎到女人面前，拿下了安全帽。

「咦？」

「咦？」

那女人竟然是由衣。她一身成熟裝扮，和昨天在六本木的模樣判若兩人，我差點認不出來。

「你怎麼會在這裡？」

由衣開心地跑了過來。

「我來這附近找朋友，妳住那棟公寓嗎？」

真是無巧不成書啊，搞不好可以向她打聽外岡絹代。

「對啊。喔，沒留給你電話和地址。」由衣不以為然地點點頭，「不過，能再見到你，實在太棒了。」

她露出可愛的虎牙。

「真是緣分天註定啊！」

我也有點得意忘形了。

「妳去哪裡？」

「嗯，沒事，所以想隨便逛逛。」

由衣一臉無趣地說道。如果是其他時刻，我一定會邀她「再去飆車吧」，但今天沒這份閒情。

「由衣，妳住幾樓？」

「八樓。」

「八樓！那妳認識外岡小姐嗎？外岡絹代。」

「討厭，別再逗我啦。」

「啊？」

「你什麼時候去查了我的名字？我很討厭我的本名，很俗氣，所以都用由衣這個名字。」

「真是得來全不費工夫。」

「怎麼了？」

「不，沒事。」

我仰望天空。真是太巧了。這才想起由衣昨天提到「車子借人了」。

「要不要去兜風？」

「好啊，去哪裡？」

「去湘南吧。」

「等一下，那我去換衣服，你跟我一起上來吧。」

八〇二室，我來了。

我停好車，和由衣一起搭電梯。

「這棟公寓真高級，妳一個人住嗎？」

我故意這麼問道。

「是一個人住啦，但有時候會有一個囉嗦的豬頭來找我。」

「豬頭？」

「對，黑道的中年色胚，很胖，如果不是很有錢，女人絕不會多看一眼。」

男人果然很可憐。

不知是否因為由衣的偏好，八〇二室的裝潢相當清爽俐落，散發出一種陽剛味道。

姑且不論家中完全看不到一樣烹飪道具，令人驚訝的是還有四面貼著鏡子的臥室和超大的床。

由衣在我面前脫下洋裝，換上牛仔褲——其實，在這段期間，我們已經休息了一個小時。

「你好年輕喔。」

由衣拉開我連身皮衣褲的拉鍊，一雙大眼頓時亮了起來。

「還是年輕比較好，活力充沛，也沒有鮪魚肚。」

她撫弄著我的重要部位說道。

「但是活力太充沛也很傷腦筋。」

聽我這麼說，由衣搖搖頭，她那帶著珠光的粉紅色口紅已經沾到我的重要部位了。

「我還是跟那個豬頭分手好了，雖然沒辦法過奢侈生活，但這樣下去，精力都會被吸光光……」

如果妳是真心的，我倒是有個好主意。我本來想這麼說，但還是忍住了。

她可能只是隨便說說。

我們騎著車，很快就到了江之島，回程從逗子繞到葉山。在葉山的餐廳吃晚餐時，我向她打聽綠川的很多事。

「他的本業是不動產，現在好像熱中夜總會的生意，他還自誇說，有很多不需要繳稅的生意。」

「不需要繳稅的生意？」

「他好像在做一些非法勾當，害怕自己哪一天會去蹲苦窯，所以買了很多珠寶和毛皮大衣送我，不然，車子和房子會被扣押。」

「你們交往多久了？」

「一年左右。一開始，我在『綠眼』當公關小姐，我讀高中時就下海了，早就習慣這一行了。」

「他在那裡看上了妳。」

「只要他喜歡，就會千方百計占為己有。所以，我也想開了，既然這樣，不如學聰明一點。」

酷！

「妳不怕嗎？」

「不會啊。他對手下耀武揚威，卻對我言聽計從，就連這一點我也很討厭。我要讓他分手後，也不敢放一個屁。」

我看著由衣的表情。

「妳是認真的？」

「當然是認真的，你有沒有什麼好主意？」

「也不是沒有，妳願意加入嗎？」

「願意，願意！」

既然這樣，我就聯絡了老爸，載著由衣回到川崎，讓她見見老爸。

「哇塞，好帥的爸爸。」

由衣興奮不已。

「謝謝妳照顧我兒子。」

身穿西裝的老爸矯情地欠身道謝。他還真會裝腔作勢，萬一被煮成親子蓋飯，那可不關我的事。

「她就是外岡絹代，叫她由衣。」

「由衣。」

老爸點點頭，目不轉睛地看著由衣的眼睛。世界雖大，但全天下應該只有我這個兒子會分辨老爸勾引女孩的眼神吧。

「隆在電話中稍微跟我提了一下，聽說妳想跟妳乾爹分手？」

「對，而且要讓他啞巴吃黃蓮。」

「我有一個完美計畫，而且，對方不會恨妳或四處找妳。」

「真的嗎？太棒了！」

由衣雙眼發亮。她似乎只中意外表，根本不在乎老爸到底是什麼人。

「那我們來討論一下。」

老爸開始說了起來。

老爸一直講到將近半夜，並沒有把所有計畫都告訴由衣，但吩咐她必須做幾件重要的事。

談完後，我送由衣回到山手的公寓，再回到飯店。老爸在桌上放了一大堆破爛東西，有塑膠容器、汽油罐、機械用的潤滑劑和時鐘，還有電池。

「這是什麼？」

我在他對面坐下，立刻聞到瓦斯味。

「不許抽菸。」

老爸簡短說完，用汽油溶解潤滑劑。

他不時用磅秤秤重並劃上刻度，把溶解完成的潤滑劑和汽油溶液倒進圓形金屬罐中，蓋上蓋子後，又放進塑膠盒。

「用汽油溶解金屬皂可以做什麼？」

老爸吐了一口氣問道。

我搖搖頭。

「我的物理和化學都很差。」

「凝固汽油彈。只要一點火，就可以燒到攝氏兩、三千度，幾乎所有東西都會燒成灰燼。」

「這是跑單幫的作法？」

「我以前賣過百科全書，上面有製作方法。」

鬼才相信。我又搖搖頭。

「我知道其他東西的用途，是不是定時裝置？」

「對。」

「用這個把喬治和綠川燒成灰燼嗎？」

「這樣也行，不過這樣的話，你和由衣會睡不好吧。這不是用來殺人的。」

「把他的老巢燒掉嗎？」

「如果把證據燒掉了，就不能送他去豬圈了。」

老爸說著，俐落地組合定時裝置，裝在凝固汽油彈的罐子上（但沒有裝電池），又放回塑膠盒。看到這一切，我再度暗自想道。

看他這麼熟練，他的過去一定很黑暗。

前一刻還當著兒子的面調戲兒子的馬子，此刻卻在製作威力十足的定時炸彈。

在這種環境下成長的冴木隆為什麼沒變壞，真是不可思議。

5

隔天晚上，我和老爸向由衣借了備用鑰匙，進入山手的公寓。

由衣跟著綠川和喬治一起外出吃晚餐了。

我和老爸穿著他買回來的連身衣，戴上挖了兩個眼洞的毛線帽。

晚餐時，由衣會要求喬治帶她去看遊艇。

喬治應該會答應，從餐廳帶她前往停在西伯尼亞碼頭的遊艇。

凌晨零點左右，由衣打電話給我們。

「我順利地看到了遊艇，上面只有一名船員，體型看起來很強壯，色迷迷地盯著我的腿和胸部，真受不了。等一下送喬治回飯店後我和綠川會回去，其他人送我們到公寓門口就會離開……」

不到一個小時，傳來電梯上升的聲音。

老爸和我互看了一眼，躲在門後。隨著鑰匙插入的聲音，綠川走了進來，老爸立刻用尖刀頂住他的脖子。

「不許叫！」

由衣按照事先的計畫，一臉驚慌地捂著嘴。她的演技太逼真了。

「你們是誰？」

綠川立刻用低沉的聲音嘀咕。

我立刻關門、上鎖。

「你們應該知道我是誰吧？」

綠川以可怕的眼神瞪著老爸。

「當然知道，綠川先生。」

我用事先準備的繩子把綠川綁起來，再把由衣隨意綁住。

接著，把由衣帶進臥室，關上房門後，我和老爸站在綠川面前，他坐在地上。

「我們跟你並沒有私人恩怨，所以，希望你協助我們。」

老爸說道。

「我不知道你在說什麼。」

「就是喬治先生運來的貨。」

「什麼？」

「還有目前保管的地點。」

「你是誰？」

「綠川先生，日本的保管地點是你提供的吧？」

老爸把刀子架在綠川的喉頭。

「是我在問你，不是你在問我。」

「誰會回答這種問題？」

「那就別怪我不客氣。」

「我可不是被嚇大的。」

綠川雖然被綁著，還是挺起胸膛說道。

「即使把我千刀萬剮，我也不可能告訴你們。況且，我會放過你們嗎？」

「如果你不喜歡，乾脆把你殺了，就一了百了。」

老爸說道。

他說得事不關己，我發現綠川的臉上掠過一絲害怕。

「而且，未必是拿你開刀。」

老爸看了看蒙面的我。

「別看他不講話，他可是十足的變態狂。被他疼過的女人，都會留下一輩子的遺憾。」

老爸居然信口開河。

「你不怕你那可愛女友也落到這種下場嗎？」

沒辦法，我只能「嘿嘿嘿」地笑著，色迷迷地吸著口水。

綠川臉色發白了，好像愛由衣愛到無法自拔，真可憐。

「別……別亂來，怎麼可以……」

「喂，他說你可以隨意處置他女友。」

我又「嘿嘿嘿」地笑了。事到如今，管不了這麼多，就當個徹底的變態吧。

我走到沒有任何烹飪工具的廚房，尋找可利用的材料。

最後，我發現拔酒瓶軟木塞的開瓶器，拿起它把玩，走向臥室。

「別這樣，喂！你到底想幹嘛?!」

「嘿嘿嘿……」

老實說，我也不知道我想幹嘛，但這個色胚老頭似乎知道，他慌張地大叫了起來。

「不許叫！」

我打開房門，向躺在床上的由衣使了一個眼色。

她很機靈，立刻鬼吼鬼叫了起來。

「不要！老公，救我！你想幹嘛？不要，求求你。」

「等一下，知道了！我說，我說。」

綠川叫道。由衣失望地嘟起嘴，似乎很期待接下來的節目。

我關上門，回到客廳。

綠川開始招供。

「貨藏在我位於三浦半島的其中一棟別墅。」

「是什麼東西？」

「槍枝和毒品。有一百支槍、大麻和海洛英各兩百公斤。」

「其他呢？」

「還有大約十把自動步槍，拜託，千萬別對她動手。」

「三浦半島的哪裡？你來畫地圖。」

老爸把紙和筆丟給他。

我們坐上老爸不知從哪借來的輕型貨車，沿著三浦海岸穿越油壺。綠川被五花大綁、堵住嘴，被扔在車後的平台，上面蓋著帆布。

凌晨快四點了，寒氣逼人。

老爸腿上放著綠川畫的地圖，我們前往的別墅位於城之島附近的海岬前端。

「從地圖上來看，應該快到了。」

經過城之島的入口，又開了一陣子，老爸把車子停在路肩。

「如果他沒唬弄我們，應該有人站崗，不能隨便靠近。」

「怎麼辦？」

「我偷偷靠近察看一下，你在這裡等我。」

「OK。」

我點點頭，老爸下車，在連身衣外面罩了一件深藍色空軍夾克，在黑夜中奔跑。

我靠在座椅上點了一根菸，如果綠川畫的地圖無誤，就要執行計畫的第二階段。打電話給在山手公寓待命的由衣，叫她去叫醒飯店裡的喬治。

接下來，就讓公權力大展身手吧。

等了大約三十分鐘，駕駛座的車門突然打開，我跳了起來。

是老爸。我完全沒察覺他什麼時候回來的。除了走私和製作炸彈，我看他應該也幹過夜賊。

「怎麼樣？」

「沒錯，有四個人站崗，兩個日本人，兩個是喬治的手下，分成兩組人馬。」

「太好了。」

「我已經把電話線割斷了，他們暫時無法和外界聯絡。」

老爸說著，開著貨車前往油壺方向。

喬治的遊艇「喬治二世號」停在油壺灣旁的小網代灣碼頭。

「天亮前做好準備工作，你去打電話給由衣。」

離開海岸線後，老爸說道。輕型貨車的平台上除了綠川，還有一件大行李。

老爸打開行李箱，裡面是潛水衣和潛水裝備。

他迅速穿上潛水衣，抱起裝有定時炸彈的塑膠盒。

他要下水潛近「喬治二世號」，裝上威力炸彈。

看著老爸戴面鏡的黑色頭顱潛入水中後，我將貨車掉頭，沿著海岸線行駛，尋找公用電話。

當我發現公用電話時，便把車子停在路邊，下車跑了過去。

「喂——」

電話彼端傳來由衣帶著睡意的聲音。如果她還睡得著，表示她神經夠大條。

「妳可以打去格蘭飯店叫醒喬治了。」

「呃，我忘了要說什麼。」

「就說綠川打算侵吞所有貨物，現在已經前往三浦半島的別墅，還在喬治的遊艇上裝炸彈，準備炸碎那艘船，然後把喬治的手下統統幹掉。」

半信半疑的喬治即使打去別墅確認，電話也打不通。

當他趕到現場，發現遊艇陷入一片火海，就會更懷疑。

「然後，再打電話到綠川的事務所，不管誰接，妳都告訴對方，綠川被喬治帶走了，目的地當然是三浦半島的別墅。打完這通電話後，妳就可以收拾行李拜拜了。」

「OK，知道了，交給我吧，我的演技絕對逼真。」

「等一下，喬治一定會問妳為什麼要通知他，妳就說——」

「我會說，我對他一見鍾情。」

「很好，那接下來的事就麻煩妳囉。」

說完，我掛上電話，正想走回貨車時，不禁一驚。

貨車的後車門打開了。我往車後的平台一看，綠川不見了。

完了——我咬著嘴唇。

現場並沒有留下繩子，綠川一定在被綑綁的狀態下逃走的。

怎麼辦？

綠川並不知道我們對喬治設下的圈套，所以他會先到別墅叫醒手下，嚴加防守，或是把貨物搬去其他地方。

我跳上駕駛座，如果加強防守，問題還不大，要是把貨物搬走，事情就大條了。

無論如何都要阻止。

車子衝上剛才經過的那條通往海岬的公路，我沿途尋找綠川的身影，卻一無所獲。

我對照老爸留下的地圖，在漆黑的路上行駛。

綠川的別墅孤伶伶地蓋在離小路稍遠的地方。

通往別墅的私人道路勉強容納一輛車經過。

別墅一片漆黑。

太好了！比綠川提早一步。我鬆了一口氣，把車子開進私人道路。

我拉起手剎車，拿下鑰匙。萬一他們想移開這輛車，應該可以拖延一點時間。如果喬治從飯店飛車趕來這裡，不用一個小時就到了。

下車後，我輕輕關上車門，鎖好，再把車鑰匙丟進草叢。

頓時，我聽到一陣急促的呼吸聲和喝令聲：

「小鬼，不許動！」

我咬著唇。我犯了第二個錯。

回頭一看，面目猙獰的綠川拿著槍，旁邊站著兩個男人。

我早該警覺別墅沒有燈光不對勁。因為有人站崗，燈一定會亮著。

笨蛋，蠢貨……，我咒罵自己，但為時已晚。

手電筒的燈光照著我的眼睛。

「你敢動一下，就把你打成蜂窩。」

這句威脅毫無創意，但被槍抵著時，聽起來格外有震撼力。

我默默地點頭。

「剛才算你狠，現在輪到我來盤問你了。」

綠川揮起碩大的拳頭打向我的臉頰，血腥味在我嘴裡擴散。

「把他帶過來。」

他的手下架著我在通往別墅的路上拖行。

快到大門時，白色雙層樓的一樓亮起了燈光。

門打開了，兩個膚色黝黑的外國人拿著M76自動步槍出來迎接我們。

我被帶到一個中央像客廳的寬敞房間內，坐在地上，有一把手槍——Colt的Government——的槍口頂住我的太陽穴。

綠川張開雙腳，雙手叉腰，低頭看著我。

「你很走運，攔到計程車了。」

我這麼調侃道，立刻又挨打了。

「你這小鬼嘴真賤，叫什麼名字？」

事到如今，即使胡謅也沒有用。不管最後被幹掉還是獲救，叫什麼名字應該沒有太大關係。

「冴木，冴木隆。」

「什麼？冴木？」

用槍頂著我的日本人大驚失色。

「董事長，喬治先生要找的就是這小鬼的老子。」

「什麼？這麼說，和這小鬼一起把我綁起來的就是喬治說的那個人嗎？」

「答對了。」

我說道。

「你老子是什麼人？」

「毒品搜查官。」

綠川的手下臉色大變。

「董事長——」

「笨蛋，別慌，毒搜官怎麼可能派兒子來調查。」

「其實是調查局幹員。」

「小鬼，你再胡說八道，我真的會讓你後悔喔。」

「好吧，是以前跑單幫的私家偵探。」

「受喬治委託時，我們就查到你老子是私家偵探，也知道他殺了喬治他爸……」

「綠川先生，這就不對了，喬治他爸是死於車禍。」

在場者聞聲，紛紛大驚失色地回頭看著面向大海方向的窗戶，老爸一身潛水衣，從敞開的窗戶跳了進來。

「喔，別開槍喔。我手上拿的是汽油膠——凝固汽油彈的原料，誰敢開槍，這裡就會變成一片火海。」

老爸抱著汽油罐。

「別想唬弄人。」

「如果你以為我在唬人……」老爸看著手表，「看著窗外，三、二、一……」

窗外的相模灣一角突然亮了起來，隨即變成擎天火柱。

「剛才各位欣賞到的是『喬治二世號』施放的煙火，是我裝的，材料和我手上的一模一樣。」

老爸說話時，傳來「轟」的沉悶聲響。

綠川和所有人紛紛露出慌張的表情。

「好，如果聽懂了，就把槍丟在那裡，全部往後退。動作快！」

「我才不會上你的當。只要不用槍打你，那玩意兒就不會起火。如果不想讓這小鬼的頭被轟掉，就趕快把那玩意兒丟掉！」

「啊喲，啊喲，」老爸搖搖頭，「這玩意兒有定時裝置，和『喬治二世號』裝的一樣，你再磨菇，它就會噴火喔。」

「那你也會燒起來。」

「那也沒辦法。」

現場陷入膠著。不一會兒，傳來車輛彈起小石子，漸漸駛近的聲音。不知是喬治，還是綠川的手下。

車子剎車後停了下來。並非只有一輛，而是兩、三輛。

「喂，你去看看。」

綠川嚴肅地吩咐手下。用手槍頂著我以外的另一名手下跑向門口，門一打開，槍聲就響起，他按著肩膀，蹲了下來。

「怎麼回事？」

正當所有人回頭看向大門時——

「看這裡！」

老爸把汽油罐丟了出去。

「隆！」

我推開手槍衝了出去。老爸撲向其中一個外國人，搶過M76，對著天花板胡亂掃射。我趁其他人驚慌之際，從老爸剛才進來的窗戶跳了出去，躲進草叢。

汽油罐發出哐噹一聲，滾落在地上，別墅內頓時槍聲大作，彷彿在回應老爸的M76槍聲。

應該是喬治率領手下趕來，看到遊艇陷入一片火海，就信以為真了。當綠川的手下出來查看時，也是喬治向他開槍。

別墅裡在一片混亂中陷入槍戰。手槍、自動步槍相互掃射。

還有幾發子彈從我跳出的窗戶射向天空，老爸也跟著我跳了出來。

「呃！」

老爸撲在我背上，我忍不住呻吟。接著，就聽到陣陣槍聲。

「隆，還好嗎？」

「你不壓在我身上，就沒問題了。」

「好——」

老爸一站起來，便舉起M76瘋狂掃射。原本把槍枝伸出窗外的那些外國人慌忙躲了進去。

「到底是怎麼回事？」

「總之，不能讓喬治溜走。」

在激烈的槍戰中，傳來警車的警笛聲。綠川在別墅中瘋狂大叫：

「別開槍，別開槍。」

我和老爸繞著別墅走到玄關。

四個外國人用我停在那裡的貨車作為掩護，用手槍對著別墅瘋狂開槍。老爸指著其中一人說：

「穿西裝、沒開槍的年輕男人就是喬治。」

那個三十五、六歲的男人一看就知道很聰明。

他推著手下的背，似乎在說：「繼續開槍。」

不一會兒，喬治朝著貨車的反方向開槍。綠川的其他手下趕到了。

正當他們陷入槍戰時，幾百名機動部隊成員突然冒了出來。

一看到警官制服，所有人都扔下槍械，似乎已經厭倦了。

「公權力登場了。」

當別墅內外的傢伙棄械投降後，島津副室長和河田現身了。

「你！冴木涼介！」

喬治高舉著戴手銬的雙手大叫。老爸聳聳肩，對喬治說了兩、三句話。喬治正想撲過來打他，被機動隊員制服了。

「冴木，幹得好！」

島津對老爸說道，但老爸只是一臉無趣地點點頭。

「真蠢！如果不殺我，也不至於落到這步田地。」

「那時候，喬治的父親根據你提供的情報獵殺了幾名游擊隊員，我記得你對其中一名女隊員有好感吧！」

「對，而且她不是游擊隊員，他們搞錯了。」

我第一次聽說這件事。老爸搖搖頭，看著我說：

「好了，隆，咱們回去久違的家吧！」

「回去也沒問題，」我嘟著嘴說，「但誰要付我這兩天的鐘點費？」

「你去問一下公權力。」

我看著副室長，副室長賊兮兮地笑了。

「我會派人送成堆的七星菸和沒慮樂到府上。」

河田大驚失色地看著副室長，我噗哧笑了出來。

公權力實在太偉大了。

水手服和設計圖

打工偵探

1

我飆車兼賞花回來時，發現有客人上門。

「阿隆，有客人找你。」

我正把NS400R停在「麻呂宇」後方時，星野伯爵探出頭來告訴我。

「客人？」

我脫下安全帽，順便幫康子脫下借她的安全帽問道。

時序邁入春季，春假剛結束，卻是賞花的最佳季節。我冴木隆CIA早就識破了老爸想趁今天，假借賞花之名，邀我親愛的家教麻里姊來一趟禁忌之旅的不良居心，聰明的我立即向「麻呂宇」的媽媽桑圭子，也就是廣尾聖特雷沙公寓的房東通報。於是，在這個風和日麗的大好日子，涼介老爸只好左擁右抱地帶著兩位美女賞花去了。

今天早上，老爸正打算帶著麻里姊從後門開溜，看到媽媽桑圭子抱著裝便當的籃子擋在門口的表情，實在太精采了。

「哎呀呀，阿涼！怎麼這麼慢，我正打算上樓找你呢！」

媽媽桑圭子絕不是與美麗無緣的女人，撇開不符年齡的服裝和化妝技巧不談，她個性好又有錢，還是喜歡冷硬派推理的師奶，比起麻里姊，她和老爸更匹配。

那一瞬間，老爸看著我，喉嚨深處發出無聲的吶喊，那表情就像呼吸困難的恐龍。

「我聽阿隆說了以後，趕緊做便當！下次約我出去，要早點說嘛，討厭！」

「不……，我……我在想，店裡的生意一定很忙……」

「我已經交代星野先生了，沒——問——題！」

「隆，你……你也會去吧?!」

我看到他求助的眼神，故意壞心眼地笑了笑。

「很不巧，今天約了人飆車，看來，我只能忍受斷腸之苦，把兩位大美女讓給父親大人了。」

老爸當時的表情顯然想殺了我這個兒子，他心不甘情不願地帶著那兩個女人，開著那輛破爛休旅車在早上十點左右出門，現在都下午四點了，依然不見蹤影。

「阿隆，是你的客人，對方說是你同學。」

星野伯爵用平靜的語氣說道，一旁的康子惡狠狠地瞪著我。

她是大勒索專家的女兒，半年前，在她準備踏進演藝圈之際，引發了一場以她為主的遺產爭奪戰，冴木偵探事務所也被捲入。雖然她後來毫不猶豫地放棄了當藝人的夢想，但仍然在就讀的J學園當大姊頭。她的外型甜美可愛，個性卻很強悍，做事乾淨俐落。如果跟她維持穩定的關係，只要讓她聽到劈腿的「劈」字，拳頭早就飛過來了。我在這方面特別謹慎，至今不敢越雷池一步。但今天，康子似乎抱著難以言喻的期待心情，所以，她瞪我的那一眼，應該是在恫嚇我：「該不會是女生吧！」

這個月應該不會有女生上門哭訴「每個月的不速之客」沒來吧！

「男的？」

聽到我這麼問，星野伯爵沉重地點點頭。

如果是男人，我更丈二金剛摸不著頭腦了。在這個晴朗的星期天，我那些同學都會卯起來把妹。即使情場失利，也不會跑到經常有同學出入的咖啡店殺時間。

我對康子聳聳肩，走向「痲呂宇」的大門。

推開大門，看到一個男生坐在吧檯前，店裡沒有其他客人。

「回來啦！」

星野先生再度向我打招呼，那個男生轉過頭。他的體型矮小、皮膚很白，戴了一副很有品味的眼鏡。

「嗨，冴木同學。」

他鬆了一口氣，向我打招呼。

「咦？」

我露出驚訝的表情，其實是真的很驚訝。因為坐在那裡的人，是我們班上第一名的優等生鴨居一郎，他是世界知名建築師鴨居雄一的兒子，也是名門秀才，不知道什麼原因，竟然進入K高中這所墊底的都立高中。

當然，這種好學生不可能和我這種貨色有什麼交集，聽說鴨居的腦袋遺傳了他父親，但個性十分軟弱，考試時總是在重要關頭挫敗，所以才會考進K高中。

否則，以他的聰明才智，絕對是讀私立開成或麻布中學的料。

在日本這個資本主義國家，階級制度在中學教育已看得出端倪。在高中教育的第二年以後，就算塵埃落定了。也就是說，像鴨居這種以東京大學、京都大學等國立一流大學為目標的學生，和想要擠進二流私立大學，甚至混進三流私立大學也無妨的我，身分早就不一樣了。那裡有邁向勝利的人生，這裡則有一大堆成為別人踏板的人生。

有著如此巨大鴻溝的我和鴨居雖然同班，卻從來沒說過話，更不是在星期天傍晚相互拜訪的朋友。

「哇，太陽從西邊出來了嗎？」

我一邊說著，一邊在鴨居身旁坐下。康子則坐在他的另一邊，嫣然一笑。

鴨居立刻顯得手足無措，漲紅了臉。

「冴木同學，她是誰？」

「我朋友，向井康子。」

「你好，叫我康子就好。」

或許是怕嚇到我同學，康子努力裝出可愛的模樣。

我和鴨居沒有交集，也表示彼此沒有敵意。

「真難得，有什麼事嗎？」

聽到我這麼問，鴨居為難地低下頭。

「不，沒什麼特別的事……，我剛好有事來這附近，想起你家好像在這一帶……」

「不是在這一帶，而是在這裡，就在樓上的公寓。」

「是嗎？哈哈哈。」

他似乎有什麼難言之隱，我向康子使了一個眼色。

「那我上去一下。」

「不，呃，我是不是影響你們了？不好意思，我要走了。」

鴨居站了起來。

「沒關係啦，你難得來，坐吧！」

我挽留了他，看著星野先生說：

「伯爵，我餓了。」

「要不要幫你做三明治？」

「好啊，鴨居，你也來一份吧，這裡的三明治超讚的。」

「是嗎……，不好意思。」

「沒事，沒事，既然是阿隆的朋友，那就讓我來露一手吧，再附上一份法式焗烤洋蔥湯。」

「麻煩你了。」

康子走出了「麻呂宇」。

「好了，」我這麼說著，轉頭看著鴨居，「到底有什麼事？」

「不……，呃，我只是路過……」

「不是吧！你是無事不登三寶殿吧？」

「不瞞你說……，呃，沒錯……」

鴨居那雙在Renoma鏡片後方的眼睛怯生生地眨了幾下。

「到底怎麼了？」

「我記得你家是開偵探社的。」

「我那個不良老爸？對啊，他是私家偵探。」

「Saiki Investigation。」

鴨居的發音相當漂亮。他一定是看著「麻呂宇」遮雨篷上的霓虹燈招牌讀的。

「對。」

他父親鴨居雄一在世界各地設計了很多議會、宮殿和飯店，他可能偶爾跟著父親出國，即使發音完美，也沒什麼好驚訝的。

同樣說外語，似乎做過一些見不得人生意的我家老爸和鴨居就有天壤之別。

「我可以……委託……你爸一件案子嗎？」

鴨居語帶痛苦地問道。

「案子？你是說調查嗎？」

「嗯，應該說……」

「我覺得你最好別抱太大希望，不過，不妨先說來聽聽。」

「其實……，我……被人勒索了。」

他似乎快哭出來了。

「你被哪裡的混混纏上了？」

「我也不知道，只是……很嚴重。」

「多嚴重？」

「這……」

鴨居終於紅了眼眶。

他是個男人，我總不能摟著他的肩說：「好了，好了，別哭了。」我決定視而不見，也許交給老爸處理比較輕鬆。

但老爸還沒回來，鴨居的淚腺在崩潰的前一刻受到控制，他終於娓娓道來。

據他說——

事情始於去年的聖誕節，鴨居受慶應高中的小學同學之邀，一起去了一趟他很少涉足的夜店，參加狂歡派對。

同樣是高中生，派對上有很多像鴨居的有錢人家少爺，還有其他念私立名校的公子哥兒、千金小姐。

身處其中，就讀無名高中的鴨居自覺不比別人笨，卻因為對玩樂一竅不通而被孤立。不過，有個溫柔甜美、念名門女子大學附屬高中的女生主動找他說話，他們相談甚歡。那天，鴨居跳了有生以來的第一場貼面舞。

派對之後，他們也經常約會。幸好鴨居他父親常常出國，比起一般都立高中的學生，鴨居的零用錢綽綽有餘，從來不缺約會資金。鴨居的母親十年前和藝術家父親合不來，跟一個年輕建築師私奔了，所以，家裡根本無人干涉鴨居的生活。

不久，鴨居迎接了十多年的人生中最劃時代的一刻。他和那女孩上床了。比起時下的高中生，雖然稍嫌晚，鴨居也終於擠進成年人的行列。

然而，事件的核心還在後頭。

「那個沒來。」

這句話讓鴨居從天堂墜入地獄。所謂的「那個沒來」，當然是指女孩「該來的沒來」，也就是「每個月的不速之客」沒有上門。

而且，對方的父母也知道了，這讓個性憨厚的鴨居嚇到臉色發白。一個星期前，對方的父親大發雷霆，威脅要把他掐死。

鴨居的父親目前還在美國，為美國國防部的大樓設計案展開交涉工作。鴨居的父親向來家教嚴格，如果發現兒子「荒唐的異性交往↓懷孕」的事態，不知道會怎麼處罰這個辜負他的不肖子。

鴨居光是想到這件事就夜不成眠，也無心讀書（這一點和即使沒有心事，也不想讀書的隆同學不一樣）。

如果能用金錢解決，鴨居戶頭裡還有父親給他的足夠存款。

當然，這種事無法用錢解決，對方的父親提出的條件十分嚇人。

鴨居的父親在青山擁有一家事務所，鴨居雄一目前人在美國，每個月只去事務所露臉兩、三次，事務所通常有五名員工，鴨居當然可以自由進出。於是，對方的父親利用這一點，叫他去偷設計圖。

而且是目前正在興建中、位於美國的某建築。

聽到那棟建築物的名字後，我決定等老爸回來再說。

「對空戰略防衛總部。」

無論從哪個角度來看，這都是跑單幫的管轄範圍。

2

「這不關我的事，我才沒那個閒工夫去管你同學的案子。」

老爸把雙腳擱在捲門書桌上說道，銜在嘴角的寶馬冒著煙。

「但不管怎麼想，這都是跑單幫的管轄範圍。」

老爸似乎還不能原諒我今天早上的計謀。

「是嗎？外行人插手這種事，也無濟於事吧！儘管他父親再嚴厲，也不可能狠心處罰這個優等生。」

「對方的父親自稱做貿易，但不知道做什麼生意。」

老爸送麻里姊回家，和媽媽桑圭子回來時已經晚上十點多了，我先讓心浮氣躁的鴨居回去，由我向老爸解釋。

「告訴你，我當偵探，不是為了調查高中生荒唐的交友關係，這種事，去向教育委員會申訴吧。」

他完全不買我的帳。

「不然，你就基於同學之情幫他一下囉。」

老爸故意誇張地打著呵欠說道。

「保護兩位美女真累，我要去睡了。你先查一下情況，如果遇到什麼詭異的事，再通知我囉。」

老爸放下擱在書桌上的雙腿，搔抓著頭，走進觀葉植物圍繞的淫蕩空間。

我啐了一聲，拿起老爸留在桌上的寶馬菸，淫蕩空間的門立刻打開了，傳來老爸的聲音。

「喂，高中生，如果要抽菸，下星期就由你負責打掃。」

我聳了聳肩，把菸放回桌上，在一旁洗耳恭聽的康子遞給我涼菸。

「我在想……」

「什麼？」

「那個女的真的是高中生嗎？」

「她說是S學院大學附屬高中。」

「你同學又沒看過她去學校上課。」

「那倒是。」

「約會時，不可能叫對方出示學生證，要唬弄他太簡單了。」

「但是——」

「S女中的校規很嚴，如果學生被校方發現去夜店，會立刻被退學。」

「原來如此。」

「聽你同學說的，總覺得他好像中計了。」

「仙人跳？美人計？」

「你說什麼？」

「沒事，那是古文課學到的字眼。所以，對方的老爸就是冒牌貨，『中了』也是唬人的囉？」

「也不是不可能，但會有『一炮就中』這種事嗎？」

她真是語不驚人死不休。

「不管是一炮還是一百炮，會中就是會中。」

「你倒是很感慨嘛，看來你有切身經驗喔。」

「沒有，沒有，我的外號叫無籽西瓜隆。」

「總之，要不要先試探一下這個女人？」

「試探她有沒有懷孕嗎？」

「白痴。」

她竟甩了我一耳光。

隔天，我和康子約在學校附近的咖啡店見面。康子的鬼點子很多，找人代點名，然後蹺課去我家把我的NS400R騎過來。她雖然沒駕照，騎車技術卻絲毫不遜色。畢竟是「學生都是藝人和太妹」著稱的J學院大姊頭，這點本事不值得大驚小怪。

今天，鴨居要跟那個高中女生約會，他也和我一起在咖啡店等候。

「冴木同學，跟蹤真的沒問題嗎？」

「沒問題，我沒那麼笨手笨腳，她絕對不會發現的。」

「但如果被她或她爸媽知道……」

「即使發現有高中生騎車跟蹤，誰會想到是私家偵探？」

「那倒是……」

我已經叫鴨居告訴對方，會先考慮一下，盡可能爭取時間。對方卻回答：

「你一直浪費時間考慮，只會延誤墮胎，到時候，真的只能昭告世人，鴨居雄一家添了長孫。」

簡直是危言聳聽。

「對了，鴨居，你去過她家嗎？」

「沒，沒去過。約會時，每次都是我送江美到成城的車站……」

「你和她父親在哪裡見面？」

「在飯店，在P飯店的大廳。」

「是喔。」

我看著鴨居遞來的對方父親的名片。

上面寫著「榮耀綜合貿易商社　董事長富樫幸雄」，公司位於虎之門。

「你們都去哪裡約會？」

「江美今天是瞞著她爸溜出來的，不能太晚回去。我們約在原宿，可能去代代木公園散步吧。」

「她也是放學後再去嗎？」

鴨居點點頭。S女中的制服是像烏鴉一樣黑的水手服，不可能跟丟。

如果他們搭電車回去，我打算把車交給康子，讓她騎去成城的車站等我。三人走出咖啡店，我們在地鐵站和鴨居分手。然後，我把安全帽交給康子，兩人一路飆到原宿。

我們把車停在代代木公園附近，我和康子偽裝成情侶，走在原宿街頭。

不一會兒，鴨居和一個身穿水手服的女生從原宿方向走到表參道，我和康子挽著手，在馬路對面與他們並行。鴨居應該不知道我們在哪裡。

或許是因為在意富樫江美穿制服，他們並沒有走進咖啡店，買了可麗餅後，繼續在表參道上散步。

看到他們走進代代木公園，我們在護欄上坐了下來。

「的確是S女中的制服。」康子說道。

「長相呢？」

「哪有什麼S女中的長相，而且距離這麼遠，根本看不清楚。」

聽鴨居說他們倆相親相愛，或許是他缺乏經驗，氣氛顯得很尷尬。

我把這種想法說出口，康子聳聳肩。

「也許她真的是大家閨秀。」

「妳也很像千金小姐。」

我賊兮兮地笑道。為了不引起注意，康子今天穿了一件有荷葉邊的針織洋裝。即使是千金小姐，也是喜歡素雅裝扮的千金小姐。

「簡直就像穿上玩偶裝，早知道穿制服來。」

康子的制服有兩種，一種是裙襬掃地的「戰鬥服」，另一種是露膝的「玩樂服」。如果穿這種制服，會比穿便服更顯眼。

「不要抱怨，是妳主動要幫忙的。」

「因為你一個人根本靠不住。」

誰說的?!

我們買了熱狗和霜淇淋，一起曬太陽。快五點的時候，看到他們從公園的另一側出口走了出來。

「喂，喂，他們還牽手喔。」

康子眼尖地看到他們，吹了吹口哨。

「妳的舉止不要太粗魯，要顧及這身打扮。」

「別自以為是。」

我們鬥著嘴，繼續跟蹤。如果他們要回成城，從地鐵千代田線再轉搭小田急線直達車最方便。

果然，他們走到車站附近便鬆開了手，一起走下地鐵的階梯。

「康子，車就交給妳囉。」

「成城的車站，對吧？」

然後，我們分頭行動。

來到地鐵的月台時，我躲在柱子後面，以免被他們發現。地鐵進站後，我走進他們隔壁的車廂。

他們站在車門附近，默默地相互凝望。我終於可以觀察富樫江美的長相。

她有一張圓臉，還有一雙清亮的鳳眼，或許是校規的關係，她的頭髮綁成麻花辮，算是清秀佳人，感受得到她的良好家教與智慧。

她的個子嬌小，渾身散發出讓人忍不住想緊擁入懷的魅力。當然，我也是高中生，不算是蘿莉控（註），受到同齡女生吸引也是天經地義。

如果換成我家的涼介老爸，就有戀童癖的問題了。

他們在代代木上原換了小田急線，到成城學園前車站時，只有江美下車。鴨居隔著關上的車門，依依不捨地向她揮手。他雖然受到恐嚇，但好像真的愛上了江美。

註：對於從六～十六歲左右未發育或初發育的女孩有極度喜好的人。

我尾隨下車的江美經過剪票口。江美獨自低著頭，快步走著。無論怎麼看，都覺得是個大家閨秀。

江美走出車站後，接下來的舉動讓我大驚失色。本以為她會走路回家，沒想到她攔了一輛計程車。

我急忙招計程車，偏偏招不到。康子也還沒趕到。

我眼巴巴目送載了江美的計程車朝世田谷大道的方向離去。

十幾分鐘後，康子騎著NS400R出現了。

「我遇上塞車。」

路過的行人紛紛回頭看著以一身千金小姐裝扮騎車的康子。

我嘆了一口氣。

「那位大小姐呢？」

「搭計程車走了。」

天底下偏偏就有這種事，人生不可能事事順遂。

3

第二天，我提早離開學校前往虎之門，我覺得應該去見識一下江美父親的公司規模到底有多大。

我在與高中生無緣的辦公街徘徊了幾十分鐘，終於看到了「榮耀公司」所在的大樓，那是櫻田大道後方小路上的一棟住商混合大樓。

我穿著連身皮衣褲，頭戴安全帽，騎士裝扮在這裡並不醒目。因為到處都看得到時下流行的快遞員在街上穿梭。

我抄下「榮耀公司」底下樓層的公司名，到附近的事務用品店買了大號牛皮紙信封和麥克筆。

我用潦草的字在信封上寫了「光陽通商　敬啟」（就是底下樓層的那家公司）幾個字，走進大樓。

頭上還戴著安全帽。

我搭電梯來到「榮耀公司」所在的七樓，走在兩旁有許多扇門的走廊上，推開寫有「榮耀公司」的大門。

我把信封夾在腋下，一口氣說：

「我是『辦公快遞』，來送文件。」

前方有一道玻璃屏風，屏風前面擺著一張看起來像櫃檯的桌子，坐在那裡的女人驚訝地抬起頭。

看起來年約二十一、二歲，呆滯的表情一看就知道是工讀生。

屏風後面似乎沒人。

「喔，好，辛苦了。」

工讀生姊姊微微起身，我把信封翻過來，遞到她面前。

「麻煩妳簽收一下！」

我拿出事務用品店買的信封袋，煞有其事地遞給她。屏風後面還是沒動靜。

「咦？這不是我們的？」

她終於發現了。

「光陽通商在樓下。」

「啊？喔，真對不起。」

我立刻把信封收回來。

「真不好意思。」

說完，我來到走廊上。這家公司應該只是幌子。

我越來越覺得整起事件不對勁。到一樓牽車，我一路騎到成城。今天絕對不能再跟丟了。

我在那裡盯著車站出口，等待江美從剪票口走出來。

三點半、四點、四點半、五點、六點、七點……，車站吐出的人潮中不見富樫江美的制服身影。

我一直等到晚上十點，還是不見富樫江美從成城學園前車站走出來。

她今天沒去上課嗎？還是直接搭計程車回家了？

還是……

「完了，這次死定了。今天她爸打電話給我，說不能再等下去了。」

隔著電話，依然感受得到鴨居快哭了。

「對方有沒有具體要求你怎麼做？」

「他說明天深夜會來接我，然後直接去我爸在青山的事務所。我有鑰匙……」

「但即使去了你爸的事務所，設計圖或其他東西應該放在保險箱吧？」

我瞥了一眼把腳擱在捲門書桌上，正在專心看「職棒新聞」的老爸。

「他要我別擔心，雖然是偷，其實只是拍照，絕對不會被我爸發現。」

「能不能拖延時間，比方說，你就說你爸臨時回來了。」

「不可能，他們對我爸的行程一清二楚，不知道去哪裡查到的。」

我忍不住呻吟。令人懊惱的是，針對富樫父女的調查毫無進展。

「好吧，明天我跟你去，就說我是你的麻吉（註）。」

「但是，冴木同學，這……」

「冴木偵探事務所是以服務優良聞名。」

我故意語帶諷刺地說道，好讓老爸聽得到，他卻當耳邊風。

當我掛斷電話時，老爸仍然盯著電視問：

「還是之前那個美人計嗎？」

「大叔，這跟你無關吧。」

「萬一有什麼狀況，只要報警就能解決了。」

「但是他很擔心，如果被他老爸發現他交友不慎，還把女方的肚子搞大，他會被活活打死。」

「沒想到你的朋友，也有這麼純樸的孩子，我好驚訝。」

我就知道。所以即使拜託老爸，他也不見得肯幫忙。

此時，電話又響了。

「你好，這裡是冴木偵探事務所。」

「是我，康子。」

電話彼端傳來吵鬧的舞曲音樂。

「妳好！」

「我聽到一件很詭異的事，想趕快告訴你。」

「什麼事？」

「那是去年發生的。我朋友的朋友向S女中的人勒索一套制服，結果賣出了好價錢。」

「受人之託嗎？」

「對啊，她是新宿那一帶的大姊頭，受人之託，把一個S女中的學生拉進廁所，然後扒光對方的制服。」

「是嗎？真想見見那個人。」

「我已經打聽到她出沒的地點，不過我跟她本人實在不熟，不知道她肯不肯對你說

註：意指好友、死黨。

實話。」

「妳現在在哪裡？」

「就在你家附近，麻布的夜店。」

「我去接妳。」

「那我等你。」

我掛斷電話後，立刻起身，老爸抬頭看我。

「晚上外出是開始變壞的徵兆。」

「別胡說八道，有個大姊頭搶了S女中的制服，賣出好價錢。我去見一下對方。」

「現在的女生都很猛，只要稍一不留神，就會吃不完兜著走。萬一情勢不妙，記得吹一下口哨。」

「你會來救我嗎？」

「我……會帶紅藥水去看你。」

我飆到麻布的夜店門口，身穿緊身迷你裙的康子被幾名大學生團團圍住。

「兜風嗎？想坐哪一輛？我的是BMW。」

「我開的是奥迪。」

「我的是豐田的Soarer。」

「還是我的法拉利最拉風。」

這些人幾乎都是有錢的公子哥兒，還把車子開上人行道炫耀。

康子不發一語，其中一人還過來摟著她的肩。那人穿著義大利絲質西裝，舉手投足很做作。

「跟妳說，晚上絕不能住在這種充滿廢氣的地方，我家在葉山有一棟小木屋，要不要去那裡喝酒看海？」

有好戲看了。我停好車，打算好好欣賞康子的本領。

「好啊，」康子微笑，用手指夾著對方的領帶，在他的脖子周圍繞了一圈。「不過，還是改天吧，等一下要去教訓一個不識相的小鬼。」

「啊？」

「就像這樣！」

她勒緊對方的脖子，又往對方的胯下踹了一腳。

「死小鬼！敬酒不吃吃罰酒。」

那個男生蹲了下來，她放開他，轉頭看向另外幾個躲得老遠的大學生。

「你們知道自己在跟誰搭訕嗎？不要因為老娘不講話，就對老娘毛手毛腳。當心我用剃刀把你們的老二統統割掉，讓你們從此派不上用場。」

幾名大學生張口結舌，大驚失色。康子甩了他們耳光，走下車道。

「笑什麼？」康子嘟著嘴問我。

「我在想，跟妳出去玩，那就天不怕地不怕了。」

「白痴。那個大姊頭經常在歌舞伎町的遊樂場出沒，她們也有援交，我想應該是有後台。」

也就是說，我們要和援交女學生、黑道兄弟打交道。我終於知道自己為什麼沒有徹底變壞的原因了。

一定是身邊有太多負面教材了。

那家遊樂場位於歌舞伎町最深處的可瑪劇場旁。

細長形的店面越往裡面走，燈光越昏暗，怎麼看都不像是身心健全的高中生玩星際大戰或打怪獸的場所。即使在這裡看到賣酒的自動販賣機，也沒什麼好驚訝的。

一群穿長裙、戴口罩，燙著泡麵頭的熟悉身影坐在店內角落。她們噴雲吐霧，以一雙雙三角眼瞪著往來行人。

康子的超短迷你裙和我的連身皮衣不可能不引起注意。不出所料，立刻有人惡狠狠地瞪過來，讓膽小的都立高中生阿隆嚇得屁滾尿流。

「呃，請問K女學院的奈美姊在嗎？」

阿隆說話的氣勢頓時矮了半截。

「你混哪的？」

蹲在前面的一個胖妹氣勢洶洶地問道。可惜長得不怎麼樣，眉毛快掉光了。

「我不是什麼報得出名號的人物，只是一個普通的都立高中生。」

「媽的，所以問你到底想幹嘛？」

文部省到底有沒有在做事？那個胖妹又轉頭對康子說：

「還有妳，幹嘛穿這麼騷？」

「別氣別氣，我只是想找奈美姊。」

「開什麼玩笑！幹！」

「妳想幹我也……，傷腦筋，康子，麻煩妳翻譯一下。」

康子向前跨出一步。

「幹嘛？」

胖妹有點心虛地問。

「妳就是奈美嗎？」

康子靜靜地問道。

「奈美是妳叫的嗎？對奈美姊太沒禮貌了。」

「原來不是。那妳這個豬頭閃一邊去！」

「妳說什麼?!」

「吵死了？沒長眼嗎？我是J學園的向井康子。」

「呃！」

名人真方便。那個正準備起身的胖妹臉色發白。

「我就是K女中的奈美。」

後方傳來一個慵懶的聲音。一看就知道身體狀況不妙，臉色蒼白，骨瘦如柴，顯然和黑道兄弟過從甚密。

她的毒癮太重了。

「J的大姊頭來找我有什麼事嗎？」

奈美以幾乎快閉上的眼睛望著康子。

「聽商業的山倉說，妳去年剝了一套S女中制服？」

「對啊，好像有這麼一回事。那個賤貨一副大小姐模樣，我看了超不順眼，就想教訓她一頓。」

「那套制服呢？」

「不知道哪裡的娘炮花了十萬買下。」

「哪個娘炮？」

「忘了。」

「快想一下。」

「懶得想，媽的，煩死了。」

這根本不像女人的對話。

「我要妳想一下。」

「幹嘛？敢命令我？」

康子探出身體。

「我不想找妳們麻煩，只要妳告訴我名字，我馬上閃人。」

「不要。啊，我突然統統忘了。」

其他人哈哈大笑了起來。

「那就沒辦法了。」

我這麼說著，走向奈美。

「媽的，你想幹嘛？」

「跟我一起玩兩輪吧。」

我笑了笑，一把扛起了奈美。

果然，她的身體輕得好像雞骨頭。

「你要幹嘛?!放我下來！混帳！」

康子從腰包裡拿出剃刀。

「閉嘴！」

她用剃刀輕輕撈起奈美的髮絲。

「我會幫妳理光頭。」

「住手！混帳！」

「別動！」

看到旁邊的人準備求救，我立刻喝斥道。

「如果有人敢出去，我直接把她扛到派出所，就說是送毒蟲上門。」

聽到我這句話，所有人都不敢動。

「你們應該知道我們有後台吧，紅星組不會放過你們的。」

「是嗎？妳的意思是告訴警察，毒品是紅星組提供的嗎？」

「想通了嗎？」

康子又抓了奈美的一小撮頭髮，用剃刀割了下來。

「我說，我說，是六本木那家『outline』的經理。」

「辛苦妳了。」

我放下了奈美。

「對了，那個經理叫什麼名字？」

「……神，他叫神哥。」

「啊喲，啊喲。」

聽到「outline」這個名字時，我就有警覺。這起事件似乎又和老爸的老友有關。

4

去年夏天，我的家教麻里姊的朋友，也是某半導體廠商高層的情婦；一個叫小舞的女大生曾經捲入一起綁架案。

綁架集團的目的不是為了錢，而是那家廠商的商品。綁匪要求的贖金是這批亞洲各國禁止進口的特殊商品。

老爸在麻里姊的介紹下出馬，在阿隆我的大力協助下，終於解決了那起綁架案。綁匪集團的老大和老爸用手槍單挑，結果老爸贏了。當時，對方首腦的副手就是六本木這一帶幫派的老大；曾經搞過學生創業的神。

那是一個危險的犯罪集團，無論科技產品還是人，只要能換錢，都是他們做生意的對象。

那時候，我差點在富士山的深山裡被神轟掉腦袋。

從奈美口中聽到神的名字，顯示鴨居真的遇到了仙人跳。

我和康子從遊樂場出來，回到廣尾的聖特雷沙公寓。老爸正刷牙刷得起勁。

「準備睡了嗎？」

「對啊，看了一整天的電視也很累，今晚要早點睡。」

正在津津有味品嚐牙膏的老爸說道。

「大叔，恐怕沒辦法如願囉。」

「為什麼？」

「你認為應該由教育委員會出面解決的那起仙人跳，似乎跟你的老朋友有關。」

「老朋友？」

他刷牙的動作停了下來。

「你還記得去年夏天的『關東半導體』綁架事件嗎？」

「記得啊。」

老爸把牙刷從嘴裡拿出來。

「仔細想想，就會發現兩起案子的手法根本一模一樣。」

「那時候，你老友身邊的那個叫神的傢伙，在這起案子又出現了。他買了S女中的制服。」

「這下好玩了。」

老爸抓著冒出鬍碴的下巴。

「又是他們？」

「這次的計畫更周延，還辦了一場派對，有技巧地接近鴨居。」

「看來，已經有買家要那些設計圖了。」

「怎麼辦？」

康子不知道我們在說什麼，一臉錯愕地看著我們。

「當時，我只打傷他的手臂，是不是太失策了？」

老爸露出好像家庭主婦錯過跳樓大拍賣的後悔表情。

和對方的老大決鬥時，老爸打傷了對方的右臂，大獲全勝。

「最可憐的是鴨居，他莫名其妙地一開始就被設計了。」

「後悔是青春的附屬品。」

老爸說得倒輕鬆。

「目前的進展如何？」

老爸問道。我告訴他，鴨居被迫協助對方明晚闖入他父親位在青山的事務所。

「沒辦法，你去告訴鴨居，他的初戀以失戀告終了。如果他們繼續威脅，就由你出面告訴對方，已經查出那女孩不是S女中的學生，並且會去報警。」

「老爸，你不出面嗎？」

「對方已經沒有勒索的材料，他們就束手無策了。」

「他們會善罷甘休嗎？」

「怎麼可能？」老爸奸笑了起來，「他們可不是省油的燈。」

第二天放學後，我和鴨居一起去他家。那是一棟由他父親設計的雙層樓建築，外表還有裸露的水泥，感覺好像住在要塞裡。

無論怎麼想，都覺得這不是適合人居住的地方。如果把這棟房子的設計圖交出去，對方會不會相信這是「美軍對空戰略總部」的設計圖？

「我已經查到了幾件事。」

我們面對面地坐在鴨居的房間（他的房間太驚人了，文字處理機、電腦、天文望遠鏡、音響一應俱全），還有幫傭為我們泡咖啡。

「什、什麼事？」

可憐的鴨居真的嚇壞了，如果再告訴他，他的女友欺騙了他，實在太殘忍了，但我又不得不說。

我拿出香菸。

「要抽嗎？」

「不、不要。冴木同學，你有抽菸嗎?!」

「你真是時下少見的乖學生，算了，你家有菸灰缸嗎？」

「應該沒有，我爸也沒抽菸。」

我嘆了一口氣，把香菸放回口袋。

「算了，其實，你女朋友……」

「江美嗎？」

「她對這次的事件有什麼看法？」

「她完全不知情。她爸爸說，如果我敢對她提一個字，就不會再讓我跟她見面了……」

「那應該是騙你的。」

「什麼？」

「她應該知道你被勒索的事。」

「為什麼？既然知道，為什麼從來沒跟我提過。」

愛情是盲目的。

「首先，她不是S女中的學生，搞不好連高中生都不是。」

「怎、怎麼會……」

「所以，懷孕這件事也很可疑。」

「這到底……？」

「整起事件都是為了竊取你父親的設計圖所設計的騙局。」

「不、不會吧？」

可憐的鴨居臉色發白。那些傢伙真是罪孽深重。

「這麼說，江美的父親——」

「他們不是真的父女，應該是專門竊取這種『機密』的犯罪組織。」

「這……這……這太過分了。」

我聳了聳肩。如果這個背叛的打擊讓鴨居從此討厭女人，甚至變成同性戀，那些傢伙就罪該萬死了。

鴨居雙手掩面，垂頭喪氣。

「我很同情你。」

「……」

這時，傳來敲門聲。

「有人打電話來，說要找冴木同學。」

幫傭在門外說道。

我拍了拍鴨居的肩膀站了起來，拿起放在他書桌上的子母機聽筒。

「是冴木隆嗎？」

電話彼端傳來中年男子的陰沉聲音。

「對，請問你是哪位？」

「我是富樫江美的父親。如果說，我是去年在富士山的樹林裡和你父親決鬥的人，你應該會想起來吧。」

「我果然沒猜錯。被我老爸打傷的手臂還好嗎？」

我吃了一驚，但還是不動聲色地問候。要鎮定，要鎮定。

「還沒好。冴木還好嗎？」

「託你的福。」

「上次害我們承受了巨大的損失，這次不會再讓你們得逞了。」

「你怎麼會知道這件事跟我有關？」

「你女朋友在我們手上，她可真……活潑。」

是康子。慘了。我咬著嘴唇。一定是奈美向神告的密。

「一聽到你的名字，我立刻就想起來，你是冴木涼介的養子。」

「養子？什麼意思？」

「你不知道嗎？我好驚訝，你以為冴木涼介是你的親生父親嗎？」

「等、等一下，如果我不是那個不良中年的兒子，那我到底是誰的兒子？」

電話彼端傳來含糊的笑聲。

「這件事，你自己去問他吧。總之，冴木涼介沒結過婚。」

「你什麼時候認識我老爸的？」

「很久以前，這件事，你也可以去問他。」

「你叫什麼名字？」

「我叫什麼名字不重要。嗯，那就叫藤堂好了。」

「藤堂先生，鴨居已經識破了你的伎倆，我勸你不要再欺負他了。」

「應該收手的是你們父子，那位小姐被怎麼樣都無所謂嗎？」

「藤堂先生，你的手法真高尚。」

「總之，你去告訴冴木，叫他趕快收手。只要今晚一切順利，我就會把那位小姐還給你。」

他說完這句話，就掛斷了電話。我對著話筒咒罵。

鴨居訝異地抬頭看著我。

我一屁股在他對面坐了下來。管不了那麼多了，我拿出菸，點火。

「呃……」鴨居開了口，「可不可以給我一支？」

「你不是不抽——」

「我想試試，既然這樣，我乾脆來當不良少年。」

事態的發展太詭異了，但我還是遞了一支給他。他用顫抖的手點了菸，吸了一口，立刻拼命咳嗽。

鴨居咳了一會兒，開始淚如雨下。他把香菸放在咖啡杯的墊盤上，用力揉眼睛。

「菸……菸好苦。」

他帶著鼻音說道。我聳了聳肩。

「對，尤其是第一次抽，會覺得特別苦。」

「總之，如果不先把康子救出來，我們就沒辦法走下一步。問題是他們把康子藏在哪裡。」

我對涼介老爸說道。

老爸一如往常，雙腿擱在捲門書桌上。

我已經從鴨居那邊回到家，正在討論今後的計畫。

「藤堂只要拿到設計圖，就會放了康子。他以前是軍人，在這方面說話算話。」

老爸說道。

「他是什麼人？」

「他以前是日本駐外使館的武官，厭煩了維護國家和平，決定去跑單幫，於是偽裝成意外身亡。他的腦袋很靈光，也很有手腕，但有個缺點，就是喜歡冒險。他擅長謀略和搞破壞，但是太擅長了，反而變成他的缺點。」

「走火入魔嗎？」

「沒錯，規矩的組織不可能用這種人，因為太危險了。所以，他讓自己消失，然後，成立了一個可以讓他為所欲為的組織。」

「如果我問你，為什麼會認識這種人，會不會很蠢？」

老爸攤開雙手。

「我在國外做生意時，會認識各路人馬。」

「就這樣而已？」

「什麼意思？」

「他還提到一些很奇怪的事，說你沒結過婚，我是你的養子。」

「哼。」

老爸哼了一聲，吐了一口煙。

「你覺得呢？」

「無所謂，雖然談不上是歹竹出好筍，但我也覺得自己跟你不像。」

我聳了聳肩。

「在沒有其他人出面當你老爸之前，我暫時還是你老爸。」

老爸一本正經地說道。

「如果可以，希望能出現我是有錢人家的少爺這種浪漫一點的劇情。」

「你太天真了。」老爸搖著頭，「這十七年來，從來沒有這號人物出現過，今後——恐怕也不會有吧！」

「真是夠了，我可以嘆氣嗎？」

這次，輪到老爸對我聳肩。

5

老爸把休旅車停在六本木的路邊，我們坐在車上觀察。還沒開始營業的夜店「outline」就在正前方。

「在這起案子當中，只有一個人的姓名和職業曝了光。」

老爸說道。

「就是神。萬一鴨居報警，不管怎樣，神都需要有今晚的不在場證明，所以，他今天一定會來上班。」

「證明他沒去襲擊青山的鴨居建築事務所嗎？」

「對。化名為富樫的藤堂和偽裝成女兒的那個女人用的都是假名，也不知道他們住哪裡。只有神是與他們有關的『實際存在』的人。」

「原來如此。」

「對，這就是專家的手法。藤堂是專家，所以，神不會參與今晚的襲擊。」

一輛紅色法拉利從十字路口轉進來，停在「outline」旁邊，好像在證明老爸所言不假。神之前開的是Sting Ray，可見得他真的很愛名車。

神下了車。那修長的身材、一頭長髮和女性化的五官，實在是像極了少女漫畫裡的男主角。

他關上法拉利車門，正準備走進店裡，老爸發動休旅車向前衝去。

神應該聽到了汽車疾馳聲，當他回頭時，一臉慘白。

這也難怪，因為破舊的休旅車一頭撞進了他引以為傲的法拉利車尾。

神那張端正而蒼白的臉孔，氣得扭曲變形。

他大步走向休旅車的駕駛座。老爸和我低下頭，以免被識破。

「喂！你們想幹嘛?!」

神隔著緊閉的車窗叫囂，抓住休旅車的門把。

神一打開休旅車的車門，老爸就抬起頭。神頓時愣住了。

「現在，有一把十二口徑的霰彈槍頂住你那迷人的腰身。去年，我也說過同樣的話，你可能忘了，所以我再說一遍。在這麼短的距離內開槍，可能需要真空吸塵器才能把你蒐集完整。」

「冴……冴木……」

「看來，你還記得我的名字，那就乖乖坐到後座。」

「你……怎麼可能在這種地方開槍？」

「要試試看嗎？你不可能沒聽過我的事。」

「……」

休旅車的車門和神的身體擋住了老爸手裡的霰彈槍，路上行人是看不到的。

「如果想逃，就試試看吧。」

老爸平靜地說道。

神無奈地坐進了後座。

「隆，你來開車。」

「如果無照駕駛被條子逮到，罰款要你付喔。」

說完，我繞過休旅車的車頭，和老爸交換座位。老爸用槍抵著後座，跨過前座椅背，坐到神旁邊。

「去哪裡由你決定，但我醜話說在前頭，我手指還扣著扳機，你別想抓槍托玩什麼花招。這輛車雖破，但我很中意，我可不想因為你的人肉漢堡排毀了這輛車。」

「知道啦。」

神撇著紅唇忿恨地說道。

「好孩子，能不能麻煩你帶我們去關人質的地方？」

「你兩次壞了藤堂先生的好事，他不會放過你的。」

「我們都是專家，公事公辦。而且，專家不會光說不練，要幹的時候，就默默幹了，對吧！」

老爸始終沉著鎮定。

「媽的！那個太妹在東名厚木郊外的汽車旅館。」

「麻煩你帶路囉。」

那家汽車旅館位於下了厚木交流道後，往丹澤方向北上的深山裡，孤伶伶地坐落在狹窄的山路邊，地點隱密，很適合男女幽會。這裡的客房都是獨棟小木屋，每一棟都有獨立停車位。

我在老爸的指示下，把車子開進其中一間空房的車庫。四周一片漆黑，即使屋內有人監視，也不可能發現我們。

我們進了房間，隔著門付錢。神說，康子被關在最裡面那一棟。

「有幾個人監視？」

「兩個，奈美也在。」

「好，走吧。」

老爸拍了拍神的肩膀，彎身朝小木屋前進。

走到那棟房子前面，老爸用槍口頂著神的後腦杓。

「你知道怎麼做吧！」

神點點頭。

他輕輕敲了敲門，寂靜的房間裡傳來動靜。

「誰？」

是奈美的聲音。

「是我，神，開門。」

門打開一條縫。我擠到門口，門一打開，我便把右手伸進去，抓住奈美的頭把她拖出來。

「幹嘛？啊！」

老爸推了神一把，神踉蹌了一下，大喊：

「快動手！冴木來了！」

康子一絲不掛地躺在床上，床邊的男人從上衣裡掏出手槍。

老爸舉起霰彈槍朝著天花板發射，隨著巨大的槍響，天花板吊掛的仿水晶燈被打得稀爛。

老爸跳了起來，用槍托朝發愣的男人頭部狠狠敲下去，再把另一個人踹飛。從他平時懶散的模樣，很難想像他的動作這麼乾淨俐落。

神看到其中一人的手槍掉落，正想跑過去撿，我連忙一腳踢開。

射出的流彈擊碎了玻璃牆。

「好啦，結束了！」

老爸拉了一下霰彈槍的彈匣叫道。

「隆，把那位大爺的槍也拿過來。」

我沒收了那個下體被踹、痛得滿地打滾的大叔手上的槍。

康子躺在床上，像菜蟲一樣被五花大綁，嘴裡還被塞了一團東西，胸前有好幾個被菸蒂燙傷的痕跡。

我用小刀替她鬆綁。

「王八蛋！」

康子一拿下嘴裡的東西，立刻跳了起來，把奈美推倒。

「看樣子，妳應該沒被強暴。」

「差點就慘遭毒手了。隆，刀子借我一下。」

「不行。」

「別擔心，我不會殺她。」

「康子，我知道妳很氣，但我們沒時間了。」

「好吧，奈美，把制服脫下來。」

康子一絲不掛，雙手叉腰站著。

「幹嘛？」

「媽的，我這樣怎麼回去？」

康子把奈美身上的制服扒下來。

「那就順便請所有人脫衣服吧。」

他們把所有人身上的衣物，從皮夾到內衣褲一掃而空，再把所有人綁起來。或許是因為槍戰發生在室內，四周並沒有人聽到槍聲跑出來張望。

「這家隔音良好的汽車旅館幫了大忙。」

老爸說著，拍了拍神的臉頰。

冴木等人把四個人綁好後，又塞住他們的嘴，然後再綁在一起，把他們放在那張圓床上。

「隆，把電話線割斷。」

我割斷了室內電話，老爸打開旋轉床的開關。

躺著四條菜蟲的圓床緩緩地轉動了起來。

「可能會有點暈，忍耐一下，轉個兩晚，應該會有人來看你們吧！」

我們走出房間，在老爸的指示下，我把對方車子的四個輪胎都刺破了。

我們坐上休旅車。

「好，接下來要對付藤堂了。」

老爸發動車子時說道。

「這次也要靠一槍決勝負？」

「沒那麼簡單，」老爸嚴肅地說：「既然已經有了買家，為了守信，他必須拿到設計圖。」

「交給條子處理就好了。」康子說道。

「妳怎麼了？平常那麼逞強，到了緊要關頭，就要靠警察嗎？」

「才不是呢。」康子一臉不悅。

「一旦事情曝了光，隆的同學會受到比失戀更沉重的打擊，這樣也太可憐了。」

老爸賊兮兮地笑了。

車子在駛上東名高速公路的厚木交流道之前，我始終不發一語。上了高速公路以後，老爸猛踩油門，車速之快，令人難以相信這是他的老爺車。

「康子，妳在哪裡被他們擄走的？」

老爸問道。

「我放學時，那幾個傢伙在校門口埋伏。」

「妳是指那兩個人和奈美嗎？」

「還有你們帶來的那個娘炮。」

「妳講話不能文雅一點嗎？」

「少囉嗦，有什麼辦法？」

「神不打算加入，那兩個人負責監視，這麼說，去事務所偷設計圖的是……」

「藤堂和他女兒。」老爸說道。

「那真的是他女兒嗎？」

「不是。那傢伙沒結婚，他不可能跟女人安分過日子。」

「跟某人一樣嗎？」

我說道，老爸瞥了我一眼。

「我在想，叔叔不想報警的原因，該不會是為了保護鴨居的名譽吧。」

「難道還有其他理由嗎？」

我點點頭。

「你想跟他單挑……，對吧？」

老爸沒說話。

「到頭來，你還是想跟藤堂再較量一次吧！」

「也許吧……」

「你們在說什麼？」

康子一臉納悶。

「搞不好你當初放棄做生意，是因為和藤堂有相同的想法吧？」

「誰知道呢。」

「我覺得你心裡很清楚。」

「隆。」

「幹嘛？」

老爸笑了。

「你忘了我最大的缺點。」

「缺點？」

「沒錯，懶散。我只是厭倦了。」

原來如此。我聳聳肩，反正，這人不是當英雄的料。

其實，搞不好這才是真正原因。

6

我們在廣尾放康子下車，抵達鴨居家時，已經深夜十一點多了。

我摁門鈴，是鴨居開的，幫傭似乎已經回去了。

「冴木同學。」

「不好意思，我來晚了，這是我爸。」

「康子小姐呢？」

老爸納悶地看著我。比起自己，他似乎更擔心康子。

「沒事了，已經把她救出來了。」

我們在鴨居家的客廳面對面坐下，老爸問：

「藤堂，不對，富樫有沒有打電話來？」

「還沒。」鴨居搖搖頭，「不過，他說今晚一定會去事務所。」

「他說要過來接你嗎？」

「對。」

「那就等他吧。」

「但是，要怎麼……」

「他來了就知道了。」

凌晨零點時，電話響了，是藤堂打來的。鴨居表示自己一個人在家。老爸把休旅車停在屋後不明顯的地方。

藤堂從容地說，凌晨一點會到，叫鴨居別睡著了。說完後，便掛了電話。

凌晨一點，門鈴準時響起。鴨居正要起身，老爸制止了他，親自走向大門。

老爸打開門鎖。

門開了，那個去年與老爸決鬥的男人走了進來。年約四十四、五歲，一身做工考究的西裝，前額禿了，充滿智慧。他的右手放在外套口袋裡。

那個男人——藤堂並沒有太驚訝，抬頭看著替他開門的涼介老爸。

「又是你。」

「不好意思，這次又來壞了你的事。」

老爸小聲說道。

「這麼說，你兒子的女友……」

「在厚木嗎？去過了。」

藤堂頓時滿臉怒氣。

「你大幹了一票嗎?」

「不，包括神在內，現場沒有人受傷，不過可能會有點頭暈。」

「什麼意思?」

藤堂訝異地注視著老爸，老爸聳聳肩。

「沒事。所以，你打算怎麼辦?」

和去年一樣，他們說話的語氣好像在討論去哪裡出遊。

「嗯，那次之後，我的右手一直不聽使喚。」

藤堂望著自己插在口袋裡的右手。

「還是你願意就這樣打道回府?」

「這怎麼行?客戶不會放過我。」

「K・G・B嗎?」

「不好意思，無可奉告!你應該知道規矩。」

「我知道。」

「我要信守承諾，如果這次失敗，我會失去這個客戶。」

「無論如何你都不願抽手嗎?」

藤堂點點頭。

「那就只有一條路可走了。」

老爸吐了一口氣。

「就在大街上……」

「不必在意，反正這次不是你死就是我亡。」

藤堂面不改色地說道。

「那就去附近解決吧。」

老爸說著，走到玄關的水泥地。在他的夾克底下，藏著剛才在厚木的汽車旅館沒收的手槍。

我也跟著走了出去。

鴨居家前面停了一輛黑色皇冠，江美坐在副駕駛座。

「其實，她今年二十歲了。隆，女人很可怕吧？」

藤堂回頭對我說道。

「她是你助理嗎？」

「差不多吧，是我么妹。」

「你把親妹妹也扯進來？」

「時下好的人才很難找啊！」

江美表情僵硬地坐在那裡。

「好……」

老爸和藤堂並肩走出鴨居家。

「我記得前面有一座小公園，如果去那裡，應該不會造成鴨居同學的困擾。」

「藤堂，懷孕的事呢？」

「當然是騙人的，不需要偽裝到這種程度。」

他們走進公園。公園內有鞦韆、滑梯，真的是一座小型兒童公園。

「藤堂，我可以再問一件事嗎？」

「什麼事？」

「如果我死了，你打算告訴隆嗎？」

「如果你希望的話……」

我睜大了眼，他們在聊我生父。老爸搖搖頭。

「不，我不希望。他就是我兒子。」

藤堂露齒而笑。

「冴木，我就是喜歡你這種個性，在這一行很難得。」

「我已經離開了。」

「不，你並沒有離開。正因為你沒離開，現在才會出現在我面前。」

「無所謂啦，開始囉。」

「好。」

兩人立刻跳開，好像被對方彈了出去。

裝了滅音器的槍發出沉悶的聲響，「噹」的一聲，在攀爬架上發出清脆的反彈聲。

老爸躲到滑梯和沙坑後方。

「冴木，拖延時間可不是上策喔。」

藤堂以低沉的嗓音說道，拿著槍步步逼近。他緩緩地轉動脖子張望，下一瞬間，縱身一躍。

老爸從沙坑後方的樹叢開槍，子彈掠過藤堂的背部，打到了鞦韆的支柱。

他們同時起身，好像互相交換位置般往前奔跑。

槍聲交錯，老爸射出的子彈打中了藤堂的左肩。藤堂轉了一圈，倒在地上。

老爸垂下右手的槍，從跪膝射擊的姿勢站了起來。

藤堂的槍掉在距離左手幾公分遠的地方，他呼吸急促地抬頭看著老爸。

「你撿回了一條命。」老爸說道。

「是嗎？」

藤堂說著，倏地坐了起來，外套右側的口袋亮了一下。

老爸的身體飛向半空，藤堂的右手從口袋裡抽出來，握著一把小型槍。

當他的手臂伸向老爸的方向時，仰躺在地上的老爸打了一個滾。

老爸高舉在頭頂的雙手交握，槍口瞄準藤堂。

老爸開槍了。

鮮血從藤堂的後背噴了出來，他的左胸中槍，像個人偶般應聲倒地。

老爸跪在地上，右肩滲血。

「隆。」

老爸低聲叫我。

「爸，什麼事？」

我終於吐出了壓抑已久的那口氣。

「打電話給公權力，找我的舊識，把這裡的情況告訴他。他應該會……妥善……處理，不會公布……鴨居的名字……」

「副室長嗎？」

「對。」

老爸點點頭。

「還有，抱歉，事務所暫時休業，你認真去打工吧。」

「老爸！」

「笨蛋，我又沒死。」

老爸摸著右肩走向藤堂，用左手輕輕為藤堂闔上眼皮。我看著老爸，他頭也不回地說：「快去！」

我邁開步伐，眼角瞥到老爸點了一根菸。

幹偵探這一行，偶爾也會遇到這麼嚴肅的場面。

——（全文完）

後記

關於講談社文庫版《打工偵探》／大澤在昌

打工偵探系列的第一篇作品〈打工偵探貴得很〉刊登在雜誌《月刊小說》上已經是十年前的事了。當時，我正在思考能不能寫一篇以高中生為主角的黑色幽默冷硬派推理小說，剛好接到短篇小說的委託，於是想嘗試一下。

寫著寫著，漸漸覺得冴木隆和冴木涼介這對父子實在太有趣了，即使作者不需要費太多心思，他們好像也會隨意採取行動。

我在構思故事時，首先會決定主角的性格。如果角色富有魅力，可以長時間不厭其煩地陪我說故事，在設計故事的架構時，就不會太辛苦。只要性格紮實，故事就會自然成型——我向來這麼認為。

相反地，如果在主角性格還不明確的情況下開始連載，主角的行動就會在中途停止，一籌莫展。

這只是我個人的寫作情況，那種經過綿密構思才開始動筆的作家應該不會發生這種問題。

冴木隆是個輕鬆愉快的角色，我在寫打工偵探系列的初期短篇時，經常抱著「喂——，隆，接下來又要玩什麼？想玩什麼？」的心態，接二連三創作出新的故事。

當時的冴木隆以輕浮、強悍為賣點，乍看之下是個平凡少年，但讓人覺得「真實生活中不可能有這種人」。

我在寫完兩本短篇連作，打算寫長篇時，冴木隆的性格開始出現變化。

他的語氣依然詼諧幽默，但骨子裡十分認真，與父親涼介之間的關係更像父子，同時增添了男人之間的羈絆。這個主題成為貫穿作品的基調。

主人翁突發奇想的性格逐漸確立到這種程度，身為作者，感到既欣喜也痛苦。

因為，我選擇的主題越來越沉重，冴木隆從一個對任何事都很隨興，就連面對生命危險時，還能吹著口哨、輕鬆度過危險的少年，逐漸轉變成為愛流淚，必須與恐懼交戰的男性。

我至今還是很喜歡冴木隆這個角色，如果有機會，很想繼續寫他與涼介，還有麻里、康子的故事。因為我相信，不是只有聳肩皺眉、在夜晚的街頭行走的男人才是冷硬派推理小說的角色。

始終滿嘴不正經的少年突然嚴肅了起來，為了心愛的女生不惜付出生命。帶著嘲諷的態度看在眼裡的父親則嘀咕說：

「如果能為心愛的女人付出生命，那就表示你長大了。」

這才是冷硬派推理。

隆在完成兩本短篇連作與三本長篇後，逐漸成長，完全違反了作者的意圖。我開始擔心，照這樣繼續發展下去，這個角色將會變成與其他作品的主人翁相去不遠的「硬漢」。

到時候，繼續創作隆的故事就失去了意義——我在完成《拷問遊樂園》後，產生了這種強烈的想法。

一般認為，冷硬派推理是很難吸引女性書迷的領域，《打工偵探》卻是唯一的例外，我收到很多年輕女讀者的來信，其中不乏刺激的內容，讓我忍不住想說「那我來代替隆好了」，但也不得不嘆息「我不可能取代高中生隆」。

身為推理作家，我的系列作品的人物應該算多的，隨便想一下，就有「佐久間公」、「新宿鮫」和「六本木聖者傳說」等多系列的角色。除此以外，還有「木須志郎」、「暗黑旅人」等，雖然無法彙集成冊，但目前正在雜誌連載。

其中，有些角色讓我覺得「可以畢業了」，但是也有像「佐久間公」一樣，在相隔十年後，又重新連載。另外，還有成為目前創作重心的「新宿鮫」等不同系列小說的主人翁。

冴木隆算是現在很想見、卻難得一見的角色。其中的原因，如果不是他離我而去，而是我離他而去，那麼希望有一天，我可以主動縮短和他之間的距離。

已購買我的其他作品的讀者，或許一開始會覺得冴木隆這個角色很膚淺，但如果繼續閱讀之後出版的長篇，我保證可以讓各位對隆的變化——應該說是他的成長階段，樂在其中。

如果有人對這種性格發展還未成型的角色不感興趣，而喜歡自我完成度高的主人翁，那麼應該無法成為我的讀者。

因為，我創作這一系列的角色，是希望與大家一起享受作者和小說主人翁共同成長的過程。

解說 創造冷硬派另一種趣味風貌的反骨大叔／蕭浩生

（※本文涉及故事重要情節，未讀正文者勿看。）

冴木涼介是個私家偵探，他兒子冴木隆則是個不好不壞的高中生，偶爾會到偵探事務所打工，某天，美女家教麻里突然拜託他們解決某起事件，看似單純的背後究竟隱藏著什麼陰謀？而「打工偵探」又會遇到什麼樣的挑戰？

喜歡做自己，立志成為小說家

《打工偵探》的作者大澤在昌，一九五六年生於愛知縣名古屋市，少年時喜歡閱讀亞瑟柯南道爾的「夏洛克福爾摩斯」系列，也許是這個緣故，一九九九年他還為講談社出版的《痛快世界的冒險文學》翻譯福爾摩斯探案中著名的《巴斯喀布爾家的狗》。中學時期，他喜歡閱讀美國推理作家雷蒙．錢德勒等人的冷硬派小說（hard boiled），在中學二年級初次創作短篇推理小說《照準》。從東海高校畢業後，他曾進入慶應義塾大學法學部和文化學院就讀，後來卻休學，並立志要成為小說家。在一九七九年便以出道作〈感傷的街角〉獲得第一回「小說推理新人獎」。小說推理新人獎是日本雙葉社主辦的公開徵選文學獎，得獎作品會在雙葉社發行的刊物《小說推理》上刊載，得獎者還可獲得一百萬圓的獎金，舉辦至今已有三十年以上的歷史。

雖然大澤在昌在二十三歲時，寫作能力就獲得肯定，但是他的早期作品並不賣座。當時，有好幾本書都是初版後就沒有再版，因此被譏為「永遠的初版作家」。一九八九年發表的《冰之森》雖然受到評論家的一致讚賞，但直到一九九〇年發表的《新宿鮫》暢銷後，才擺脫此污名，而他也靠這部作品獲得第四十四屆「日本推理作家協會獎」。

以《打工偵探》吸引女性讀者的青睞

《打工偵探》系列從一九八六年到一九九一年連續發表五集，分別是《打工偵探》、《打工偵探——尋找製毒師》、《女王陛下的打工偵探》、《不思議國度的打工偵探》和《打工偵探——拷問遊樂園》，但是第六集《打工偵探回來了！》卻是在十三年後的二〇〇四年才出版，當初，大澤原本只是想寫一篇以高中生為主角的黑色幽默冷硬派短篇推理，後來在廣濟堂出版的《月刊小說》（已停刊）連載，逐漸發展成長篇系列作品。主角冴木涼介和冴木隆父子屬於動作型偵探，這種角色較常見於美國推理作品中，他們不只會親臨現場調查，遇到困難時也不惜以暴力解決，偶爾還會穿插情色內容。不過，冴木父子不同於以往其他同類作品的主角，輕浮卻不失認真，幽默卻不至下流，與其說他們是父子，不如說彼此是好搭檔。一般來說，冷硬派推理小說很難吸引女性讀者，但是大澤在昌的《打工偵探》卻是個例外，也許是因為主角並非嚴肅凶狠的中年男子，而是魅力十足又有點使壞的少年，讀者一開始或許會覺得隆這個角色很膚淺，但如果繼續閱讀之後的續集，應該會對他的改變樂在其中。

情節緊湊、宛如紙上電影的短篇連作

《打工偵探》包含以下四個短篇——

〈打工偵探貴得很〉是整系列的起點，自然免不了故事背景的設定和人物介紹。本篇提到的「MiG-25事件」發生於一九七六年，當時正值冷戰期間，由貝倫可（Belenko）中尉駕駛的MiG-25戰機闖入日本領空，日方緊急派出戰機升空攔截，最後該機強行在北海道的函館機場降落，並表明投誠的意願，在國際社會造成不小的震撼。隨後，美日專家對這架代號「狐蝠」的戰機進行拆解，發現其設備老舊，電子系統還處於真空管時代，這起事件也是冷戰期間少數與日本直接有關的軍事衝突。此外，本篇出現許多車種，不管是（豐田）Crown、（日產）Gloria、（鈴木）Sting Ray還是BMW633，在在顯現當時日本汽車工業的發達以及泡沫經濟盛行的榮景，而主角的打工時薪（七小時一萬圓），換算成新台幣之後的確「貴得很」。

〈用生命支付遺產稅〉敘述美麗未亡人鶴見英子上門委託冴木父子，尋找亡夫鶴見康吉的私生女下落，後來成為隆女友的康子，與老爸的神祕老友「副室長」島津在本篇首次出現。日本的私家偵探並非正式行業，大多以徵信社或事務所的名義存在，在無法介入犯罪偵察的情況下，刺探他人隱私就成了最主要的業務，他人的把柄甚至比巨額財產更吸引人。而在查訪過程中，作者點出美女家教麻里以前混過飆車族，剛出場時的康子是個長相甜美卻很強勢的大姊頭，有唱歌才華的她甚至還想當藝人，兩人在續集的變化也是很有趣的賣點。其中提到的同志酒吧位於防衛廳與西麻布之間，現在已成為六本木之丘（ROPPONGI HILLS）和東京中城（TOKYO MIDTOWN）所包圍的區域。原先的官舍於二〇〇〇年移轉到新宿區的市谷駐屯地，而防衛廳也在二〇〇七年改為「防衛省」，由此更能感受到作品本身所具有的時空差距。

〈海上的跑單幫客〉敘述外國黑幫老大「喬治」來到日本，「副室長」島津和部下河田找上冴木父子，想要他們解決這個麻煩。一九八〇年代末期，日本的黑社會組織為了爭奪地盤、競爭利益，發生多起街頭暴力衝突事件，各種大小不一的暴力組織讓警方管理困難，而由他們主導的人口販賣、毒品走私等問題也日益嚴重。有鑑於此，日本從一九九二年起實施「暴力團對策法」，將「暴力團」定義為「成員行使集團暴力或從事不法行為的團體」，而一定比例成員擁有犯罪前科的暴力團，則被公安委員會視為「指定暴力團」，暴力團成員有九成都屬於此類，目前約有二十幾個，前三大勢力分別是山口組、稻川會和住吉會。實施後暴力衝突事件確實減少，暴力團數量也明顯減少，資金取得變得不易。但是，這些組織也靠著鑽法律漏洞，改用公司行號的名義繼續經營，並加速兼併整合的腳步，後來甚至跨國多元化發展，跨足各種商業領域，反而讓組織不透明，變得更難控管。過去常見將黑道一網打盡的情節，現在應該很難發生了。

〈水手服和設計圖〉敘述與隆同校的優等生鴨居一郎遭人勒索，身為世界知名建築師鴨居雄一的兒子，竟然把某個高中女生的肚子搞大了，只好私下拜託冴木事務所處理，沒想到又和第一篇出現的藤堂扯上關係。在這起事件中，隆更進一步察覺涼介並非親生父親，這也是他與康子首次合作辦案，彼此的互動讓作品呈現一股青春氣息。一九八〇年代是「日本第一」的時代，當時日本貨是物美價廉的同義詞，如同電影《回到未來》的主角所說：「最好的東西都是日本製的。」因此，本篇出現日本建築師事務所替美國軍方設計各項設施的情節，其實也沒什麼好大驚小怪的。同時，在冷戰期間，日本也是亞洲的主要情報戰場，美蘇雙方都在暗中角力，CIA和KGB都把東京列為重要據點，冴木父子碰巧捲入了國際糾紛，也讓冴木涼介不願談論的神祕過去逐漸浮上檯面。

以輕快幽默的方式詮釋另一種冷硬派推理

《打工偵探》以第一人稱方式敘述，冷硬派作品通常給人嚴肅、暴力、煽情的印象，本書雖然也有動作和情色場面的描寫，但不會喧賓奪主，再加上筆調幽默風趣，搞笑的橋段也不少，讀起來不會很沉重，風格有別於大澤在昌的其他作品，四個故事的篇幅也很簡短，即使不喜歡冷硬派作品的人也能輕鬆閱讀。或許有人認為交代背景的篇幅太多，感覺像是某個長篇故事的前傳，推理過程也太簡短倉促，但是青春幽默推理的重點本來就不在過程，而在於發掘真相中所經歷的冒險，與其說它像《金田一少年事件簿》，不如說它像《水手服與機關槍》。

此外，不管是父子檔偵探、美女家教麻里或隆的女友康子，還是媽媽桑圭子或酒保星野，每個角色的個性鮮活，以及彼此之間的複雜關係，也是本作的一大魅力，日本WOWOW電視台就曾在二〇〇五年根據《打工偵探》原作小說的設定，將它改編成九十分鐘的電視劇《打工偵探　一百萬人的標的》。

在此必須強調，本書最早寫於一九八六年，至今已有二十年以上的時空差距，希望讀者能考慮到當時的情況，如果看到書中出現已過時的機械設定（NS400R）或少見的生活習慣（打公共電話），別忘了這在當時可是很常有的事，因此在閱讀時不妨換個角度感受一下，在那個沒有手機和筆電的年代，打工偵探如何解決客戶委託的難題，而對經歷過那個時代的讀者來說則多了一份懷舊的樂趣。

《打工偵探》系列的另一特色就在於故事情節貼合時代背景，本書的四個事件就展現了一九八六年當時日本的多種社會現象，到了二〇〇四年出版的第六集《打工偵探回來了！》，甚至有恐怖分子用炸彈威脅的情節出現，明顯看出「九一一事件」對其創作的影響。在這十八年間，日本也從經濟高度成長的「昭和時代」進入景氣低迷的「平成時代」，前五集和第六集發表時最大的差異就在於「日本第一」的時代已經結束，而主角成長的過程也不免受到環境的影響，從活潑愛搞笑的少年轉變成嚴肅愛思考的青年，大澤在昌似乎也意識到二十一世紀的日本已經和二十世紀末大不相同，才會在十三年後再度從本系列主角的角度，對新世紀的日本社會提出他自己的見解。

總之，本書是《打工偵探》系列的第一集，也是整個系列的原點，讀者可以在其中發現每個角色最初的樣貌，進而發現隱藏在系列中的一貫魅力。

本文作者簡介
蕭浩生／曾任《挑戰者》月刊編輯，現為自由撰稿者。

國家圖書館出版品預行編目資料

打工偵探／大澤在昌 著／王蘊潔 譯；.--.初版.
— 臺北市；獨步文化：家庭傳媒城邦分公司
發行, 2009〔民98〕
面；　公分.（大澤在昌作品集：01）
譯自：アルバイト探偵
ISBN 978-986-6562-27-3

861.57　　　　98010450

大澤在昌 作品集01

打工偵探

原著書名／アルバイト探偵
原出版社／講談社
作者／大澤在昌
翻譯／王蘊潔
選書人／陳蕙慧
責任編輯／王曉瑩

版權部／王淑儀
行銷業務部／尹子麟
總經理／陳蕙慧
發行人／凃玉雲
出版者／獨步文化
城邦文化事業股份有限公司
地址：100 台北市中正區信義路二段 213 號 11 樓
電話：(02) 2356-0933
傳真：(02) 2351-9179; 2351-6320
發行／英屬蓋曼群島商家庭傳媒股份有限公司城邦分公司
地址：104 台北市中山區民生東路二段 141 號 2 樓
讀者服務專線／(02)2500-7718; 2500-7719
服務時間／週一至週五：09:30～12:00　13:30～17:00
24 小時傳真服務／(02)2500-1990; 2500-1991
讀者服務信箱／service@readingclub.com.tw
劃撥帳號／19863813　戶名／書虫股份有限公司
總經銷／大和書報圖書股份有限公司
電話：(02)8990-2588；8990-2568
傳真：(02)2290-1658；2290-1628
香港發行所／城邦（香港）出版集團有限公司
地址：香港灣仔駱克道 193 號東超商業中心 1 樓
電話：(852) 2508-6231　傳真：(852) 2578-9337
E-mail／hkcite@biznetvigator.com
馬新發行所／城邦（馬新）出版集團
【Cite (M) Sdn. Bhd. (458372 U)】
地址：11, Jalan 30D/146, Desa Tasik, Sungai Besi,
57000 Kuala Lumpur, Malaysia
電話：(603) 9056 3833　傳真：(603) 9056-2833

封面繪圖／SALLY
美術設計／戴翊庭
印刷／鴻霖印刷傳媒股份有限公司
排版／浩瀚電腦排版股份有限公司
□2009 年（民 98）8 月初版
定價／260 元　特價／199 元　Printed in Taiwan

ISBN 978-986-6562-27-3

廣　告　回　函
北區郵政管理登記證
台北廣字第000791號
郵資已付，免貼郵票

104台北市民生東路二段 141 號 2 樓

英屬蓋曼群島商家庭傳媒股份有限公司

城邦分公司

請沿虛線對摺，謝謝！

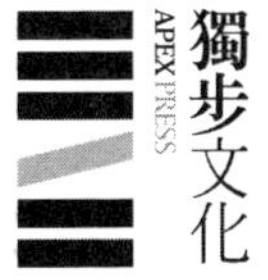

書號: 1UM001	**書名**: 打工偵探	**編碼**:

請於此處用膠水黏貼

高校生限定！
獨步少年少女偵探團會員第二梯次招生中
【入會辦法】

寶物失竊記

大事不妙了！弓之助、芳山和子、冴木隆、大西葵的寶物都被偷了！
眼神銳利的你，能否幫他們找回寶物呢？否則，案子都破不了了～

請將以下寶物與主人連在一起，並於2009年10月31日前寄回，如果答案完全正確，不只是好事一樁，還可以得到「獨步少年少女偵探團會員卡」！

弓之助　　芳山和子　　冴木隆　　大西葵

提示：答案就在以下的書中喔！
《穿越時空的少女》、《打工偵探》、《不適合少女的職業》、《終日》

【活動時間】 即日起至2009年10月31日截止收件（以郵戳為憑）

【得獎名單】

只要你的答案完全正確，bubu將於11月30日前，直接將少年少女偵探團會員卡寄出。

【注意事項】

1. 獨步保有認定參賽者資格的權利。
2. 參賽者請務必留下有效聯絡方式。若幸運中獎卻無法及時聯絡到本人，視同棄權。
3. 影印無效。

姓名：＿＿＿＿＿＿＿＿　性別：□男　□女　生日：西元＿＿＿年＿＿月＿＿日

地址：＿＿＿＿＿＿＿＿＿＿＿＿＿＿＿＿

聯絡電話：＿＿＿＿＿＿＿＿　E-mail：＿＿＿＿＿＿＿＿

就讀學校：□國中　校名：＿＿＿＿＿＿　□高中　校名：＿＿＿＿＿＿

您通常以何種方式購書？　□1.書店　□2.網路　□3.傳真訂購　□4.郵局劃撥　□5.其他

對我們的建議：

請於此處用膠水黏貼